El libro negro

Relatos

Biografía

Ángel David Revilla (alias Dross o DrossRotzank) nació el 16 de julio de 1982 en Caracas, Venezuela. Desde niño, su gran pasión ha sido escribir y su primer libro publicado, *Luna de Plutón* (Temas de Hoy, 2015), es un extraordinario éxito de ventas, que ha deslumbrado y mantiene expectante al mundo hispano con una épica galáctica que transporta a los lectores a universos con personajes jamás imaginados. En su segundo libro, *Festival de la Blasfemia* (Temas de Hoy, 2016), el autor se luce con una historia de terror y humor negro como solo él puede contar, y en *La Guerra de Ysaak* (Temas de Hoy, 2017), la secuela de *Luna de Plutón*, nos sumerge en una historia repleta de oscuridad, acción, suspenso con personajes tan complejos como entrañables. Su cuarta novela publicada, el *thriller Valle de la calma*, ha sido otro verdadero éxito de ventas en toda Latinoamérica. Y ahora David nos viene a quitar el sueño con su primer libro de cuentos de horror y suspenso.

Ángel David Revilla
Dross

El libro negro

Deep web y horror cósmico

mr

Obra editada en colaboración con Editorial Planeta – Argentina

Imágenes de portada e interiores: Claudio Aboy

Bajo el sello editorial BOOKET M.R.
Avenida Presidente Masarik núm. 111,
Piso 2, Polanco V Sección, Miguel Hidalgo
C.P. 11560, Ciudad de México
www.planetadelibros.com.mx

Primera edición impresa en Argentina: agosto de 2019
ISBN: 978-950-870-153-4

Primera edición impresa en México en Booket: abril de 2024
ISBN: 978-607-39-1156-6

Impreso en los talleres de Impregráfica Digital, S.A. de C.V.
Av. Coyoacán 100-D, Valle Norte, Benito Juárez
Ciudad De Mexico, C.P. 03103
Impreso en México - *Printed in Mexico*

Para Ángela y Marcelo.

Las sombras de abajo

1

La vida es injusta, o así dicen a menudo las divas del drama. Porque el viernes no podemos comer lo que queremos, porque nos encontramos con tráfico en la autopista o porque a Dios no le dio la puñetera gana de que el Messenger funcionara un domingo por la noche. Razones hay muchas.

La gente se queja de la vida como si de un deporte se tratara, por eso es que soy partidario de mandarlos a todos a los hospitales, pero no a fuerza de patadas por los riñones (dan ganas, Jesús sabe que a veces dan ganas), sino para que echen un vistazo a la zona de pediatría, ahí, donde están los niños con cáncer.

Eso, a la mayoría de los mamones les da algo en qué pensar, les enseña a estar agradecidos. Incluso a aquellos que desfilan y tienen la desfachatez de disfrutar sus falsas enfermedades mentales.

Jodido no es conseguir entradas para ir a ver al artista genérico que se graduó en un insufrible programa de televisión, jodido es que tengas un accidente y que te tengan que amputar una pata.

La vida puede ser una verdadera mierda para algunos, aunque no para la mayoría de las personas. Sin embargo, por lo menos un par de veces, a lo largo y ancho de esa vida, esta elige un día para demostrarnos qué tanto asco puede dar. Esto le pasa a todos y a cada uno de los seres humanos que habitan en este mundo, caprichosos o no, malos o buenos, simples o excéntricos: todos tienen una probada de qué tan mal pueden salir las cosas durante veinticuatro horas.

Y para mí, ese día parece que va a ser hoy.

Y me da vergüenza decir por qué…

Digamos que me han abandonado.

Mi mujer me abandonó.

Una cosa es que la llame «mi mujer» pero otra es hacer honor a la verdad y aclarar que no estuvimos casados. Yo no creo en el matrimonio (y afortunadamente, ella tampoco), pero decidió que era hora de seguir adelante por su cuenta y vivir «experiencias nuevas». Y todo justo cuando yo ya podía decir que estaba realizado en mi vida, creyendo que todo hubiera podido permanecer así cuarenta años o hasta que el cuerpo quisiera aguantar.

A todo esto se le suma una cosa que es todavía peor: creo que ella se ha conseguido a otro hombre, y no tienes idea de lo mucho que yo detestaría pensar que me dejó no precisamente porque «es hora de una nueva etapa en la vida», sino porque «es hora de probar una nueva polla en la vida». Oh, Dios.

Vamos a ver, soy un hombre de ventajas: soy policía… detective, para ser más específicos. Cualquier hijo se hace la idea, más temprano que tarde, que es conveniente tener un papá poli, y no dudo que la mujer de uno piense igual, a su modo. No voy a especificar razones, porque son obvias.

¿Y este tipo por el que me dejó? ¿Tiene ventajas? Debo admitir que sí, y para empeorar las cosas, son ventajas que me dejan más miserable, y con más ganas de hacer una locura.

Te preguntarás qué ventajas… pues te las diré.

Resulta que el cabrón tiene una apariencia fenomenal, y todo lo que eso conlleva, desde el físico hasta el porte. Me cago en su alma, me sobra mierda para sus muertos y me queda algo para Dios, porque ni yo puedo evitar culparlo y convertirme en lo que siempre he criticado. En fin, soy humano, y eso, como a todos los demás, me asegura unos cuantos genes de imbécil en mi licuadora de ADN.

Huelga decir que en el fondo, sé bien, sé muy bien, que Dios tiene cosas más importantes que hacer que estar fijándose en un tipo que ha perdido a su mujer.

En fin, siento que he perdido seis años de mi vida, y seis años fenomenales.

Esa última afirmación, sépase, me cuesta hacerla, sobre todo porque ahora tengo ganas de estrangular a la protagonista de esos años.

Así que de ahora en más puedo dedicarme tiempo completo a hacerme estrella en «ese» deporte que todos practicamos a partir de los treinta años, cuando nos damos cuenta de que el mundo es una cagada y que no hay nada ni nadie allá arriba velando por nosotros. Ahora puedo dedicarme a ser un total infeliz.

Desde la madrugada hasta la tarde, y de la tarde hasta la noche, tomándose de la mano con la otra madrugada.

Aquí me hallo entonces, sintiéndome peor de lo que transmiten estas líneas.

Más de lo que mi habilidad para psicoanalizarme me lo permite.

Y aunque no voy a andar escribiendo que desearía morirme, a) porque estoy muy grande para ello; y b) porque me parece una tontería, lo cierto es que me siento jodido.

Parezco una parodia de John McClane en *Duro de matar 3*, cuando iba en el camión de la poli, solo que al menos él tenía a un terrorista que se interesaba por sus huesos. Eso era un indicio para sentirse querido o cuando menos importante.

Así que… ¿qué me queda?

Estar aquí, con una camiseta que resalta vagamente en la oscuridad, volviendo a acordarme después de despierto lo mucho que me chuparía un huevo que el mundo se fundiera.

Y deseando que ella, esté donde esté, supiera cuánto la detesto (no cuánto la quiero, sino cuánto la detesto, porque ya sé que el amor es irrecuperable, ella está enamorada de otro).

Que se arrepintiera y que sufriera así fuera la mitad de lo que yo he sufrido. Que se haga miserable y que a él se lo coman los gusanos, empezando por el culo y terminando en los pulmones.

Y mientras levanto fantasías me martilla el hecho de que, a consecuencia de mi enorme y reciente dejadez, me podrían echar del trabajo. Mi casa se está volviendo un desastre porque por primera vez en mi vida no me interesa la limpieza, me siento mal anímica y físicamente, y encima sé que el mes que viene tendré deudas.

Entonces, al final, todo se resume a una cosa, una idea, una simple pregunta: ¿me voy a dejar caer o voy a seguir adelante?

Lo malo del asunto es que el largo tiempo que uno suele tomar en decidirse a contestar esa pregunta contribuye, de hecho, a dejarse caer. En estas situaciones, como muchos elementos en la vida, pareciera que las cosas juegan contra uno.

Así que debo apurarme:

¿Qué voy a hacer?

Voy a seguir.

O por lo menos, lo voy a intentar.

E intentarlo está al alcance de la mano: ahí en la mesa, el celular sonando, llaman del despacho.

Sí, voy a intentarlo.

2

El capitán Yorgo Leguizamo era un hombre de muy mal genio, o por lo menos era percibido como tal. Pero lo cierto es que no tenía expresamente «mal genio», la gente confunde ser un bastardo con tener mal carácter, cuando las dos cosas son, de hecho, diferentes: un hombre con mal carácter todavía puede ir al cielo, un bastardo, en cambio, hace fila para entrar al otro lugar.

Él era de esos últimos.

Lo simpático es que aquello se veía profusamente acentuado en su mantecosa cara de bulldog, con su pelo de cepillo corto y rojo y sus ojos verdes. Era, por fuera, una buena propaganda de lo que llevaba por dentro.

Y en ese entonces era un buen momento para estudiarlo porque estaba siendo exactamente eso: un bastardo.

¿Por qué? Porque en la inmensa cartelera a sus espaldas se hallaban colgadas una serie de fotos que exhibían las travesuras de la última joya de la ciudad: el Trepanador, un asesino serial.

Todavía no había sido percibido por la prensa, pero ya llevaba tres víctimas en un período de un año y tres meses, tiempo suficiente como para que el capi considerase que, a pesar de todo, podían trabajar relajadamente. Y no porque con toda seguridad habría una próxima víctima (con predilección por las de entre diecinueve y veintitrés años; al parecer no le gustaban las mujeres demasiado jóvenes, prefería las que fueran capaces de defenderse), sino porque todavía estaban a salvo de que la prensa metiera las narices y creara un escándalo.

El Trepanador era un caso jodido, y encima está el hecho de que *El silencio de los inocentes* suele hacer creer bobadas a algunas personas, como que todos los asesinos seriales son supergenios. Y nada más alejado de la realidad: el índice de asesinos múltiples es más alto de lo que se reporta, pero esa cifra nunca levanta vuelo porque la policía consigue atraparlos tan pronto cometen el primer crimen, quedando así como asesinos casuales y no como lo que potencialmente hubiesen podido ser.

No es para menos… hoy día, y si la poli se da a la tarea de hacer bien su trabajo, es muy difícil llegar a matar a alguien y que no lo pillen a uno. Entre el ADN y los largos interrogatorios, en los que te hacen preguntas maliciosas cuya respuesta ya saben de antemano, que no tienen otro brillante objetivo más que ver si te contradices, está muy difícil que un homicida se salga con la suya, en especial uno serial.

Pero el problema era que el Trepanador era de los inteligentes, pertenecía a ese uno por ciento al que tanto miedo le tienen los investigadores, y tres cuerpos aún no eran suficientes para tener una pista clara de quién era, de dónde venía o hacia dónde se dirigía.

Y por más políticamente incorrecto que suene, la única solución era esperar a que matara otra vez y cruzar los dedos para que esta vez cometiera un error: ya sea dejar un pelo en la escena del crimen, una muestra de ADN, una fibra de su ropa o (si uno creía en milagros) marcara su huella dactilar en algún lado cerca del cuerpo, cuerpo que, por cierto, nunca era agradable de ver, ni siquiera para el forense con el estómago más versado.

Así que, de vuelta al capitán, todo lo que a él se le ocurría, así, sin devanarse mucho los sesos (y oh, Dios, qué ironía aquello, tratándose de alguien que intenta cazar a un asesino apodado el Trepanador), era poner a un detective —a otro más— en el caso, para investigar una «pista» que salió por ahí y que tal vez condujera a algo.

Por eso es que se lo estaba dando a alguien que ya llevaba tiempo en el caso, pero que más tarde había sido retirado por problemas personales (algo así como que al pobre cabrón lo abandonó su mujer, y para hacer más divertido el chisme, por otro hombre) y que ahora estaba a punto de ser reintegrado por última vez como prueba de buena voluntad del departamento antes de que volviera a faltar y tuvieran que darle una patada por el culo.

Ese era Augusto Gaspar.

En alguna ocasión más feliz el capitán Leguizamo no habría perdido oportunidad de burlarse de un nombre tan feo y convertirlo en todo un *fad* de oficina, sin embargo, el hecho era que ese otro detective que estaba llegando por la puerta (y que tenía una cara de cabreo insólita, tal vez porque no era a él a quien habían asignado para investigar la susodicha pista, después de que para conseguirla había tenido que partirse aquello que viene después de la espalda) tenía un nombre que no solo era feo, sino encima, gracioso, Abdull Blancanieves, producto de un padre de origen afgano que había conseguido escapar a duras penas de una poderosa figura paterna que lo había criado en el seno de una familia islámica.

Abdull decidió cambiarse el apellido tan pronto consiguió el documento de residencia en la nueva tierra, y todo lo que pudo hacer fue memorizar la primera palabra que leyó en castellano cuando salía por la puerta trasera del restaurante el que trabajaba, envuelto en un delantal blanco y sangriento y con un enorme costal de costillas descarnadas en brazos, rumbo a un callejón humeante.

Sus ojos negros lo capturaron de un libro que reposaba sobre cáscaras de papa, fiambres y otros desechos húmedos de los que él no habría querido enterarse: «Blancanieves», dama que de pronto quedó enterrada bajo veinte kilos de huesos mutilados, pero cuyo nombre mítico fue rescatado con cariño por una mente ingenua.

Para un hombre sencillo que venía de un lugar donde el Occidente y sus historias eran desconocidas, aquello parecía incluso elegante, de alcurnia, de gente rica, más si venía promocionado con una fuente de letra cursiva y dorada.

Así que Blancanieves se quedó, sin imaginar que, treinta y seis años después, su hijo todavía estaría maldiciendo sus cancerosos huesos por ello.

Abdull Blancanieves se hallaba ahí plantado, en la puerta de la oficina, mirando a su capitán con dos ojos oscuros que transmitían obscenidades y que no estaban dispuestos a buscar puñetera lógica en los porqués de un sabio líder que había decidido poner sobre la pista a un cornudo que estaba hecho una piltrafa y cuya mente seguramente se hallaba en el último lugar donde debía.

—Vamos, quítate de la entrada y ve a tirarle aviones con tu imaginación a otra persona.

3

Gaspar iba en su Chevrolet Camaro de dos puertas del año sesenta y nueve. El motor sonaba del mismo modo que sus atrofiados sentimientos.

Llevaba manejando casi una hora. No pensaba en el tráfico ni en incomodidades pequeñas, y si bien su sentido de la viveza se hallaba muerto, lo compensaba con otras partes que hoy trabajaban más de lo normal.

Conducía despacio por la calle; la ciudad se veía prisionera del mar gris y lleno de bruma, y enmarcada por una costa pesadamente industrial que la rodeaba en una línea intrínseca.

Su exnovia (qué juvenil le sonaba esa palabra a un hombre de su edad) estaba relegada a un lugar muy pequeño y frío de su cabeza (y ese era el propósito, la meta a seguir ese día: dejarla descansar ahí). Para eso estaba fuera de casa, vestido y trabajando. Su mente se hallaba en 0, amodorrada pero fresca, lista para un vibrante asalto en el interior de esa descomunal tapa de inodoro que nos alberga todos los días cuando salimos del hogar.

El cielo era un manto gris y las nubes desfiguraciones que querían tocar al suelo en tentáculos irregulares que amenazaban con su furiosa lluvia. Hacía frío, además, pero él no lo sentía, su mente estaba demasiado ocupada incluso para eso.

La pantalla de su celular reflejaba el mensaje de texto de Leguizamo con la dirección del lugar donde se ubicaba la pista.

Gaspar le echaba un ojo constantemente porque era la primera vez en su vida que se enteraba de ese sitio. La ciudad era grande, lo suficiente como para asegurarse que pasar una considerable porción de vida residiendo en su estómago no garantizara conocerla toda. Su terrible rostro barroco y parisino también suele advertirle a uno que hay cosas raras por ahí, y que es mejor tener cuidado.

Y entre divagaciones al fin llegaba a su destino: un vecindario de clase media baja que se ubicaba en el extremo oeste. Poseía una vista privilegiada al abundante, oscuro y caótico nubarrón de picos de acero y concreto erigidos allá, en la ciudad.

Gaspar vio con desagrado que el vecindario era un lugar grasiento y abandonado. Parecía un vertedero despejado para poner, a duras penas, viviendas aquí y allá, erigidas con maderos manchados y corredores oscuros entre una construcción y otra, automóviles viejos durmiendo sobre los despoblados jardines de las entradas, y pedazos de hierro largos que alguna vez debieron ser parte de algo y que ahora aplastaban el barro.

Su coche pasaba lentamente a través de la penumbra en la larga callejuela principal. A juzgar por el ruido que hacían sus neumáticos, sospechaba que había largos tramos de calle que no estaban asfaltados. El flemático ruido del motor era lo único familiar dentro de su oscura cabina, lugar desde el que todo se opacaba más conforme continuaba su avance.

La lluvia se precipitaba con fuerza tal que su limpiaparabrisas y el faro alto fueron las únicas advertencias que le brindaron la cortesía de no chocar contra un maltrecho autobús escolar que se hallaba estacionado de medio lado en la avenida.

Gaspar colocó el mentón a la altura del volante y miró hacia arriba. Las veces que el brazo de plástico quitaba el agua del parabrisas y le permitía ver algo fueron suficientes para darse cuenta de que un muchachito pálido, sentado allá arriba, dentro del vehículo, tenía una mano formando un círculo entre el pulgar y el índice y con el anular erecto de la otra lo penetraba constantemente.

Echó reversa y rodeó el autobús. Miró de vuelta a su celular. La casa que estaba buscando debía ser la última. Después de ella, se hallaba un muñón de vegetación lacia y vulgar, y acto seguido una caída que llevaba directo al mar.

En solitario, y con la desasosegada lluvia golpeando sus vidrios, Gaspar se hallaba solo en un lugar donde la soledad no deja lugar al relax, sino que de mala manera invita a la imaginación. Su Chevrolet no se desplazaba, sino que reptaba despacio, empujando la neblina.

Llegó al lugar que estaba buscando. La casa emergió entre la niebla como una sombra.

Era alta, colonial. La ventana que se hallaba justo debajo del techado, como una pequeña boca ingenua, mostraba oscuridad.

Dio una última mirada de resignación al cielo, antes de estacionar, abrir la puerta y escapar rumbo a la entrada, que al menos ofrecía un modesto techito con goteras.

A partir de este punto, las cosas —pensaría después— pasaron tan rápido que ni siquiera echó la acostumbrada mirada hacia atrás, la típica «mirada de policía».

Gaspar era prevenido por naturaleza, prevenido como policía sazonado que sabe lo mal que la puede pasar uno si se descuida durante un allanamiento. (Aunque esto no era allanamiento porque, *técnicamente* —la palabra preferida de su capitán— el domicilio estaba deshabitado).

Tomó una bocanada de aire, exhaló vapor blanco. Miró hacia arriba, la puerta parecía no estar bien encajada sobre sus soportes, lo que hacía que irrumpir dentro fuera algo fácil.

Volvió a consultar su celular, la pantalla le indicaba exactamente lo mismo que esta mañana, lo que ahora le hacía pensar que, al final, la pista no era otra cosa que un disparo en la oscuridad: entrar, revisar el lugar y simplemente ver si había algo lo suficientemente interesante para mandar un escuadrón de técnicos armados con químicos que puedan detectar si alguna vez hubo sangre en las paredes y sacar con pinza quirúrgica una prueba.

Así que mientras más llovía, y más el pequeño y solitario vecindario se convertía en un pantano, y más la casa crujía y olía peor gracias al agua que avivaba el moho, más se convencía Gaspar de que ahí dentro no podía haber nadie.

Empujó la madera y se ayudó con el pie, un tronar de muela y un crujido grimoso fueron su saludo de bienvenida. Ya estaba oficialmente dentro.

El vaho venenoso propio de un lugar que ha permanecido cerrado demasiado tiempo lo intoxicó y lo obligó a toser. Pestañeó varias veces, le costó mirar al frente.

La sala era enorme y oscura, a la derecha y a la izquierda había dos enormes estantes que se alargaban hasta la pared del fondo, llenos en toda la extensión de sus numerosas repisas con muñecas desnudas dispuestas una al lado de la otra.

Algunas tenían sus propias cabezas de tela cercenadas entre sus piernas; otras parecían observarlo con sonrisas hipócritas cosidas con punto cruz y miradas enfermas de botones arrancados o descosidos que colgaban en sus regazos.

No supo realmente por qué, pero esa visión le impulsó a sacar la pistola y mantenerla en la mano izquierda.

Las muñecas lo observaban desde ambos lados, como si fuese un desfile de modas bizarro, tanto por el asqueroso público mutilado como por el modelo, que las veía en silencio.

Entonces su rodilla tembló y un corrientazo de susto que se originó en el pie acabó en su cabeza en menos de un segundo. Se echó a un lado rápidamente. Observó hacia abajo y pisoteó suavemente. Levantó polvo alrededor de sus zapatos. Estaba pisando una puerta en el suelo, quizá un sótano, la madera temblaba mucho, y por el ruido que hacía, sabía que era bastante profunda.

Volvió la vista al frente, su mentón acariciaba su pecho y sus ojos miraban al frente.

Estaba observando esa estrecha entrada sin puerta que estaba ahí, a varios pasos frente a él, donde los estantes de muñecas terminaban. Había una negrura tan fuerte que era de esas que parecen verlo a uno de vuelta, y todo lo que la poca luz tras él le permitía ver, era que «tal vez» adentro había una cocina.

Lo peor de ser policía y tener que investigar una casa donde a uno no lo han invitado es tener que pasar por el marco de una puerta donde no hay una pared cerrando el paso, sino un corredor a ambas partes… es como una ruleta rusa: no sabes de qué lado te está esperando el tipo.

Dio un paso más al frente, el marco se le hizo más grande, todavía no era suficiente distancia como para escrutar qué había ahí.

El temor sostenido acabó, pero no de manera piadosa: fue reemplazado por algo que venía de varios escalones más arriba. Sintió un sustazo momentáneo, de esos que baten el corazón.

Algo tropezó dentro de la cocina y se llevó consigo varias ollas y cacerolas que chocaron violentamente contra las paredes.

Gaspar dio un paso hacia atrás esperando que saliera un cuerpo sin forma, desfigurado por la rapidez, tratando de alcanzarlo. Apuntó al frente.

—Policía Federal, por favor, tenga la amabilidad de…

—¡¡Púdrete bastardo joputa, cabrón maldito!!

La palabra «maldito» se prolongó por varios segundos hasta convertirse en un aullido sobrenatural.

Gaspar pestañeó y se frotó el oído derecho.

Lo malo de tener que vérselas con alguien que estaba drogado es que podía pasar cualquier cosa, quien conozca a los drogadictos sabe que ellos se especializan en algo: ser imprevisibles.

Gaspar iba a dar una orden pero esta se quedó atragantada con las advertencias que empezaron a chillar desde dentro de su cabeza, porque cuando le dieron un golpe sobre la nuca, lo único que alcanzó a ver mientras caía al suelo fue una silueta enfermiza de cabellos largos que estaba de pie mirándolo.

4

Encontró que sus pulsaciones estaban aceleradas cuando comenzó a recobrar la conciencia. Le dolían los ojos y sentía frío en la cabeza, pero su visión se restableció poco después al saber que se encontraba en un lugar profundo.

Gaspar se puso de pie, la nuca le palpitaba, sus cabellos estaban húmedos y, a pesar de que estaba manchado de agua estancada, supo que, en buena parte, también se hallaba pegoteado con su propia sangre.

Tenía la lengua seca, y su mal carácter todavía no lograba conjurar maldiciones por el miedo de saberse atrapado. Allá arriba, a varios metros, se hallaba abierta, de par en par, la puerta que hacía solo Dios sabe cuánto había pisado él mismo con temor a atravesarla y caerse... y no era un sótano, como pensó entonces: era una trampa. Un hueco.

Supo, además, que no estaba solo...

Arriba, sentado en el borde del pozo, con las piernas colgando, se encontraba un hombre que lo miraba.

—Hola.

Los dedos huesudos del tipo reposaban sobre su documento de identidad.

Gaspar se palpó el cuerpo en sentido descendente, luego su mano regresó a la cabeza y se frotó la frente.

Vio que su pistola estaba colgando boca abajo y que la tenía aquel hombre, que miraba la cara de Gaspar a través del pequeño hueco que forma el gatillo y el anillo que lo rodea.

Su billetera se hallaba abierta sobre una de sus flacas piernas, su carné de conducir y la placa habían sido extraídas y revisadas minuciosamente. Gaspar alcanzó a ver que su dinero estaba intacto, ordenado como él siempre lo dejaba. Cuando el tipo se percató de lo que estaba mirando, tomó la billetera y se la arrojó con los billetes dentro. Cayó frente a sus pies.

Se inclinó, la tomó y se volvió a palpar, suavemente. Se dio cuenta de que tampoco cargaba el celular, que también se lo había quitado.

Se frotó los ojos y después la cara.

—¿Tú eres el tipo que estamos buscando, verdad?

—Sí.

Levantó la cabeza y enfocó la mirada lo más que pudo.

Pero estaba oscuro, la luz solo le permitía ver un lado su la cara: tenía cabellos largos, pulcramente peinados. Una buena parte de él permanecía a oscuras y, posiblemente, procuraba que fuera así.

Gaspar apoyó la espalda en la pared, se tomó las manos debajo de la cintura y sonrió con expresión cansada.

—¿Y qué vas a hacer ahora?

Las comisuras de la boca de su captor se mantenían en una línea descendente. Se tomó un tiempo antes de contestarle.

—¿Te refieres a si te voy a trepanar? No.

Echó una rápida mirada a su revólver.

El Trepanador inclinó un poco la cabeza para seguir los ojos de Gaspar, entonces su voz se escuchó de nuevo.

—Tampoco tengo pensado dispararte, no voy a matarte.

Creía en su palabra, el problema era que la forma en que se lo había dicho le hacía pensar que había cosas peores que la muerte.

—¿Ah, no?

—Ajá.

—¿Y entonces?

Breve pausa. El Trepanador ahora tenía la pistola en la mano, el cañón bailaba suavemente en círculos, como si siguiera el ritmo de sus pensamientos. Gaspar empezó a sentir ese horrendo y voraz vacío en el estómago que se siente cuando uno medita sobre sí mismo y su propia existencia y tiene la certeza de que todo se puede acabar.

—Te estoy estudiando.

Vació sus pulmones, con cierto dejo de frustración, miró hacia arriba otra vez y arrugó el ceño en una masa de cicatrices con diez emociones a la vez. Aquella cosa, dos ojos en la oscuridad, detrás de ese óvalo oscuro con cabellos cayéndole angelicalmente a uno y otro lado, lo estaba mirando fijamente.

—¿Es esta una forma intelectual de humillarme?

Hubo un movimiento en el hombre, una reacción a esa respuesta, puede que una risa silenciosa.

—No.

Tal vez se limpió los labios con la lengua, tal vez se puso a pensar qué decir a continuación, tal vez estaba en un apaciguado, pero siniestro estado de enajenación homicida.

Entonces prosiguió:

—Me interesas. Me resultas interesante. Me empiezas a fascinar.

Gaspar se lo quedó mirando con la boca semiabierta.

—No tengo una respuesta para eso.

—No te preocupes.

Se sentía como si un enorme foco de luz estuviera posado sobre él. Aquello bien podía ser la mórbida idea de un teatro. El director de la obra no dejaba de observarlo, el director de la obra era, de hecho, el foco de luz, un hijo de puta sentado allá, comiéndolo con la mirada; un director que todavía no ordenaba tiempo-fuera sino que saboreaba todo lo que hubiera de por medio y él el actor que veía al público sin saber qué hacer.

Una parte de sí mismo pensó en mover los mocasines en

búsqueda de algo contundente para arrojárselo a la cabeza, pero no hizo falta mucha reflexión para darse cuenta de que aquellas eran ideas desesperadas.

—¿Y entonces?

Lo peor es que, encima, tardaba en responderle.

—Ya es la segunda vez que preguntas eso.

—¿Y entonces? ¿Qué va a pasar?

—Me pregunto si te haría sentir mejor decirte que te voy a matar, en vez de dejarte con la duda.

Le clavó la mirada con igual intensidad que su captor.

—Tal vez sí.

—Pues tenlo por seguro: no te voy a matar. —Y agregó—: No tengo por qué hacerlo.

La enorme boca simbólica que representaba su sentimiento de ira no hizo sino apretar los dientes hasta ese punto en que las encías sangran; se preguntó si el Trepanador pudo notarlo.

«¡Ah! ¿Me perdonas la vida? ¡Pues muchas gracias por darme ese privilegio, ese derecho! Te lo agradezco, en verdad te lo agradezco, maldito hijo de puta».

Se frotó la cara con la mano, antes de mirar hacia arriba y preguntar:

—¿Cómo te llamas?

El largo silencio que sobrevino fue respuesta suficiente. Gaspar sintió un dejo de oscuro placer.

—¿Me estás estudiando tú también?

—No, la verdad es que como me tienes aquí, sin hacer nada, pues no se me ocurre otra cosa que preguntar.

—Sí, me estás estudiando —arrojó con aplomo, casi como un reproche—. Estás tratando de averiguar si te voy a matar. Si te dijera mi nombre significaría que sí, ¿verdad?

—Bueno…

—Ya te dije que no lo haré.

Gaspar cerró los labios.

—Parece que no confías en mi palabra. ¿Tienes novia?

En toda su vida, tal pregunta nunca jamás había tenido implicaciones tan siniestras.

—Tuve.

—Bien. Por lo menos no eres mentiroso, sé qué me dices la verdad, y que no es un intento desesperado por proteger a, por ejemplo, esta mujer —repuso, empujando la foto de su ex con el dedo, que había extraído de un bolsillo de la billetera. Cayó lentamente por el hueco.

Escuchó un sonido, muy a lo lejos, un murmullo humano, como si proviniera de un sueño, que no hizo otra cosa que afirmarle que nunca lo iban a encontrar a tiempo.

—Tienes pocas cosas interesantes en tu billetera.

Gaspar solo se limitaba a observarlo.

—De igual modo —repuso—, a ella tampoco la hubiera matado.

—¿Tú tienes novia?

—Tengo dos amantes.

—Vaya…

Se rascó la barbilla sin dejar de mirar hacia arriba.

—¿Y esas novias saben de tus aventuras? ¿De las cosas que haces?

—Una sí sabe.

—¿Sabe lo que le hiciste a esas mujeres?

—Sí. —Hubo una pausa—. ¿Piensas que le lavé el cerebro, verdad?

—Sí, obviamente sí, si no ha salido corriendo despavorida, pienso que le lavaste el cerebro.

—Yo le enseñé cosas, no le lavé el cerebro.

—Ya…

—No te preocupes, no me molesta que seas cínico.

Gaspar le dio las gracias con una sonrisa.

—Disculpa, es solo que la tuya tiene que ser una historia tan trillada, tan del típico enfermo mental de mierda, que aun siendo tú un loco, no sé cómo no te da pena contarla. Después de todo no pareces tan enajenado como para no tener miedo al ridículo. «Yo le enseñé cosas», «lo hice porque la quería», etcétera.

—¿Has tenido contacto con criminales de verdad, Gaspar?

—¿Es esta otra forma sofisticada de ofenderme?

—Te juro que no.

—Pues mira, sí, yo he tenido contacto con muchos criminales. Soy detective, como has podido leer en la chapa.

—Te lo pregunté porque en la vida real, los ladrones y los criminales no utilizan esas excusas para explicar sus crímenes, de hecho, la mayoría no tiene las agallas de utilizar una excusa siquiera.

Gaspar palpó instintivamente el bolsillo interno buscando su frasco de gotas nasales, pero no lo consiguió.

—No debería usar esas medicinas de día.

Respiró con dificultad y recostó la espalda en la pared.

—¿Hay algo más de lo que quieras hablar, detective?

—¿Quién es esa mujer? La que dices que es tu novia.

—Es una niña rica que, poniéndolo en sus propias palabras, «estuvo mucho tiempo luchando contra las cadenas de su vida». Las cadenas de la cotidianidad. Y le daba mucho miedo ser una más, y ser una más significa no ser nadie, licuarse y formar parte del gran mazacote. Verás: le daba mucho miedo llegar a vieja y no haber hecho nada. Una vida demasiado evidente, demasiado banal.

—¿Y ahora lo compensa guardando tu secreto íntimo?

—No. Ahora lo compensa siendo libre.

—Ya veo.

—Lo compensa siendo libre. No te preocupes por ella, Gaspar, porque yo no le haría daño.

—Me alegro.

—¿Y quieres saber algo más?

—¿Qué?

—Mis víctimas… —empezó a contarle.

—Sí, las tres mujeres, ¿tres, no?

—Cuatro. Hay una que no han encontrado todavía.

—Oh, mira tú. Sigue, por favor…

—Bien. Esas cuatro mujeres, ellas sabían lo que yo les iba a hacer.

—Vaya. ¿Y te suplicaron mucho mientras las matabas?

—Quiero decir… ellas accedieron, yo tuve el consentimiento de todas para hacer lo que hice. —Gaspar lo miraba ahora con la boca cerrada—. No me confundas con Armin Meiwes, por favor —se apresuró a decir—. Él era un sádico, un oportunista, que se consiguió a un pobre chico enajenado por Internet, un niño que necesitaba ayuda psicológica. Mis cuatro mujeres estaban cuerdas, y eran inteligentes.

—No quiero ofender tu «vena artística», pero ¿por qué en su sano juicio te pidieron que les hicieras algo así?

—Porque querían que las liberara. —Hizo una pequeña pausa para saborearlo en su memoria—. Ellas querían que las liberara —continuó— porque estaban deprimidas, desahuciadas. Pero aun así, como te dije, no estaban fuera de sus cabales. Estaban atravesando un dolor horrible. Un dolor del que no hay vuelta atrás.

—¿Qué dolor?

—Pues, muchas cosas: sentían que no hacían nada con sus vidas, que no tenían rumbo, que no tenían talentos de ningún tipo, que estaban condenadas a la cotidianeidad, que las habían abandonado sus parejas, que no podían conseguir a nadie… —Gaspar pestañeó, sintiendo que la situación se iba cuesta abajo—. Noto que hubo algo ahí que te puso nervioso. Como te dije: no te voy a matar, Gaspar. Tu propio caso no es más que una mera coincidencia. Tu vida está en tus propias manos.

—Tenías mucho carisma en la escuela, y después de ella le fascinabas a mucha gente, ¿verdad? Conozco tu tipo.

—Sí. Pero yo no me creo nadie caminando encima del mundo ni decidiendo quién vive ni quién muere, eso lo decide cada quien y para mí es una frontera que solo traspaso si me invitan a cruzarla. Tú y yo tenemos una percepción de la vida muy distinta, y eso no se va a poder arreglar nunca. Yo no soy un asesino, y no voy a empezar ahora. Yo soy una persona que sabe muchísimas más cosas que tú. Y espero no llegar tarde a la velocidad con la que va tu propia mente, porque te aclaro: esto tampoco es otra línea trillada de un megalómano arrogante. Es la verdad. Y por el solo hecho de que me has interesado, te la voy a mostrar.

El hombre se puso de pie y su fachada oscura cayó. Era como un enorme tigre sobre él.

Gaspar se adelantó dos pasos, como mirando un rascacielos, fotografiando su cara, memorizando las facciones de su rostro con la única herramienta que no le pudieron quitar.

—Te voy a mostrar algo que a la mayoría del mundo se le es vedado, te voy a mostrar el mundo de abajo, detective… y cuando lo veas bien, y cuando lo experimentes, sé que buscarme no será tu prioridad. —Quiso hablar, pero el hombre no le dio tiempo—. Debes saber algo muy importante…, el vagabundo que te quiso atacar hace un rato desde la cocina está ahí abajo, contigo.

Gaspar dio un respingo y se pegó de nuevo a la pared, mirando todos los ángulos al mismo tiempo.

—No va a tardar mucho en recobrar la conciencia. Yo te estoy escuchando, pero parece que tú no. Ten cuidado, vas a tener que echar mano de todas tus fuerzas.

—¿Por qué me haces esto?

—Cállate: debes deshacerte del vagabundo y debes hacerlo pronto o él te matará a ti, tarde o temprano. Considera la idea de «tarde o temprano» en serio, porque él tiene sida, y si no logra partirte la espina, probablemente intentará entonces cortarte e infectarte. Yo conozco a ese hombre, detective, y no va a parar hasta que lo detengas; considera que esta es la última vez que te voy a ayudar.

Dicho esto, el Trepanador arrojó la pistola al hueco.

Para cuando Gaspar hundió sus manos en la negrura, buscándola, su verdugo no era más que una voz alejándose.

—No puedes trepar por el hueco, pero descuida, porque no estás en una trampa, como has debido pensar, sino en una entrada. Busca en el suelo, hay una puerta. Si quieres volver al exterior, cruzar por abajo será tu única salida. ¡Adiós, Gaspar! Ya nos veremos otra vez.

—¡Oye!

Sin luz, y por más que fuera un espacio reducido, era muy difícil encontrar algo tan pequeño. Eso sumado a que, por supuesto, era presa de un miedo inimaginable. El hijo de puta había logrado que se pusiera a gatear como un animal.

Es una lástima que en la vida no haya algo grande y bien culpable para pegarle cuando las cosas nos salen mal. Para enseñarle, para darle una lección, para que no nos lo vuelva a hacer, para que no vuelvan a tener la osadía de dejar que nos pase. Hay gente a la que le toca ángeles de la guarda que nunca debieron ser tales.

—¡Oye! ¡Pero coño!

Por fin, palpó con el dedo pulgar el cañón y tomó el arma. Se levantó y miró hacia arriba; no tenía caso, se había ido.

Lo más importante estaba resuelto, ahora faltaba lo segundo: aquello que se arrastraba, que ya podía escuchar, pero no ver.

—¿Dónde estás?

Recibió unos graves sonidos guturales en respuesta, le trataba de decir algo que tal vez se armaba, poco a poco, en un insulto del tamaño de un rascacielos.

—Vamos a salir de aquí, y yo lo ayudaré.

Silencio.

—Dígame dónde está.

—Naiñ ioc.

—Si usted ayudase a identificar al hombre con el que hablaba hace un rato, mínimo se va a asegurar la estadía en una casa hogar, donde lo van a cuidar, con medicinas y tres comidas al día, y un lugar donde dormir. Le resolverá la vida. Por favor…

Silencio.

—Por favor…

La respuesta fue un grito monstruoso que llenó el hueco como un estallido. Saltó desde el suelo y le aferró una pierna. Cuando tropezó y su espalda se dio contra la pared, vio la silueta amarga y desquiciada de un hórrido rostro sin razón que abría la mandíbula para abarcar tanto de su muslo como le fuera posible.

Lo que vino después fue automático. Dos tiros. Uno en la cabeza y el otro en algún lugar de la espalda, suficientes para que la pesada carga se liberase de su pierna. El hombre se volcó en el suelo y el agua le cubrió el rostro como a un ahogado en una piscina.

Se sacudió rápidamente el muslo, podía sentir en la palma de su mano la saliva, pero esos amarillentos dientes no habían traspasado la tela, ni siquiera había alcanzado a morder duro, solo sentía frío.

—Maldita sea.

Apoyó las manos en las rodillas. El corazón debía tranquilizársele, detenerse un poco. Él era un experimentado detective de la vida real, no de película. De las heridas del cadáver fulminado todavía seguía saliendo humo, y el lodo daba la bienvenida a su sangre contaminada.

El ruido de la pólvora fue poderoso, amplificado aún más por las paredes y el angosto espacio. Las ondas rebotaron, atravesaron de vuelta sus oídos y en el camino se llevaron, posiblemente más de un cartílago. Pero aun cuando el plomo reposaba entre las entrañas calcinadas del vagabundo y todo lo vivo que de él quedaba eran las heridas latientes, Gaspar no podía dejar de mirarlo. Era la segunda vez que el callejero le daba un susto, un tipo de susto que a su edad no se podía tomar en gracia, y no se sentía ahorrador como para guardar una bala si acaso hiciere falta atravesarle el cráneo si le quedaban ánimos de extender una mano y tomarle un tobillo. Pero no, estaba muerto, y bien muerto, a Dios gracias.

Todo lo que quedaba ahora era digerir esa indigesta experiencia surreal: había hablado con el Trepanador y le había visto el rostro.

Respirando con fuerza, volvió a mirar hacia arriba. Por enésima vez, en un lugar de su mente sopesó que se había marchado, y que bien podría haberlo hecho en su auto.

—Me cago en Dios —gruñó.

Antes estaba claro que no iba a poder trepar por las paredes, pero ahora estaba totalmente convencido. No solo eran altas, sino además lisas. No había recoveco ni protuberancia alguna que diera bienvenida a la punta de sus zapatos ni a las palmas de sus manos.

Asomándose por el borde, como una broma de mal gusto, podía observar la semipunta de una escalera. La habría usado el asesino para bajarlo a él y al otro.

—Maldita sea. Por qué a mí.

Se guardó la pistola y empezó a tantear con la suela de los zapatos, mirando fija e inútilmente el lodo. Paseó un rato, a pasos cortos, con los restos de su respiración agitada como compañía.

Y entonces, alrededor del centro, pisó lo que estaba buscando.

Hundió la mano entre el humo espeso y frío y encontró una gran argolla de hierro.

La agarró y aunque el inmenso bloque de concreto besaba con fuerza el suelo, logró apartarlo ayudándose con las dos manos. La poca luz que entraba desde arriba le permitió ver lo que había debajo: una escalera.

El agua estancada empezó a caer libre por ella, corriendo escalón por escalón hasta la oscuridad, donde ya no la pudo ver más.

«Gracias a Dios», pensó fugazmente.

5

Esto no tiene ninguna relevancia, pero por como a veces funcionan las cosas en la vida, sería bueno apuntarlo…

Resulta que el capitán acababa de enviarle el segundo mensaje de texto a Gaspar.

El primero era para informarle que habían tenido una idea en el salón de situaciones de la jefatura: creían haber dado con el patrón de elección de víctimas del Trepanador, y eso los llevaba a hornear una idea brillante para ponerle una trampa. El segundo era para saber por qué «mierdas» no había contestado el primer mensaje.

Lo que Leguizamo no sabía era que, en efecto, sus mensajes sí habían sido leídos, pero desafortunadamente no por quien él habría esperado…

6

Gaspar no llevaba siquiera la mitad del camino recorrido a través de los angostos y húmedos escalones cuando ya se sorprendía por lo mucho que había descendido.

Hacía frío, y si bien no podía ver más allá de su nariz, sentía que el espacio a su alrededor era abierto. Posiblemente lo suficiente como para darse vuelta a su derecha, arrojarse con todas sus fuerzas y no darse de bruces contra ninguna pared o algo que lo detuviera. Costaba creer que la casa se hallaba cada vez más lejos, allá arriba. Tal vez incluso lo suficientemente como para empezar a perder tamaño si el techo fuera transparente y pudiera verla.

Olía a húmedo, le daba la sensación de estar bajando a otro planeta.

El descenso llegó a su fin, sus zapatos tocaron tierra firme: una superficie compuesta por ladrillos enormes. El reflejo de un río de agua corriendo a su derecha le dio a entender que el flujo era grande, el olor le hizo comprender que «río» era tal vez una palabra demasiado noble para describir una cloaca.

Estaba en el sistema de alcantarillado de la ciudad.

Se dio media vuelta para echarle un vistazo a las escaleras, pero sus ojos, ya no muy jóvenes, de la mano con la pobre iluminación, le hicieron contemplar una versión muy limitada que se perdía pronto en la ascensión.

Así que hasta aquí llegaba el mundo de fantasías del Trepanador, a esto se limitaba su «mundo secreto»: a las cloacas, al laberinto de desechos que bajaba a través de un enrevesado sistema de tubos. El sistema de «faxes» más ocupado del país. Si tan solo tuviese un cerebro común y corriente, si tal vez pensara como un individuo que está en sus putos cabales —supuso— posiblemente intentara hacerlo sentir mal si algún día lo capturaba, haciendo un paralelismo entre las materias fecales con la mente del asesino.

—Me cago en ti, y en tu madre, y en tu padre, y en tu tía y en tu tío, y en tus muertos, en ellos también —farfulló.

Echó un segundo vistazo para atrás. Desde el momento en que había empezado a divagar, no había dado un solo paso al frente. Su mente necesitaba ese pequeño recreo… pero debía terminarse ya, y ¿acaso no había bajado demasiado?

Miró hacia arriba.

¿Acaso no fueron demasiados escalones? ¿A cuántos metros se supone que están las cloacas por debajo de la ciudad?

Recorrió el techo con la mirada, esperando ver un sistema entrelazado de cañerías, tal vez una serie mellada de tablas y tabiques, que indicara que arriba había otro nivel, y que en realidad él se encontraba en un subalcantarillado. Total, arriba hay diecisiete millones de personas, es una ciudad-estado, y si bien no es un tema agradable, el destino que se le da a la mierda de diecisiete millones debía estar sostenido por una obra digna de nombrarse maravilla del mundo.

A su derecha y a su izquierda, más allá del canal de agua contaminada, había paredes que se alargaban hasta lo que su inteligencia visual juzgaba considerable, y sobre el techo lámparas antiguas, iluminando el camino, puestas en fila india.

Y detrás de él solo escaleras. El camino de regreso al hoyo sin salida.

Respiró despacio, y profundo, demasiado distraído ahora como para reparar en el olor. El último cono de iluminación que su vista conseguía dirimir, allá a lo lejos, era una réplica de los que estaban tras él: era un camino muy largo.

Se echó a caminar.

7

Pero más allá del tercero hubo un cuarto, y después del cuarto un quinto, y más tarde el sexto, el séptimo y el octavo, y el noveno y el décimo. Gaspar perdió la cuenta, porque estaba distraído con su propio miedo.

El miedo de un hombre adulto es algo bastante delicado. El de un niño es mucho más versátil porque comprende fantasmas, monstruos y criaturas de las sombras del placar. Un adulto posee una gama de cosas complejas que se limitan a extraños, dinero y enfermedades venéreas (y las miles de ramificaciones y situaciones que de todas ellas puedan surgir). El haber caminado lo suficiente en un lugar completamente desconocido, oscuro, y haber llegado ahí a través de una situación bizarra, ridícula y peligrosa hacían que comenzara a perder la paciencia, por lo que su mente acariciaba la infantil idea, después de treinta minutos (y treinta minutos enteros sintiéndose perdido no es algo fácil de tragar), de que ese lugar no tendría fin.

Hasta que escuchó voces. Pero algo en su mente evitó darle la bienvenida al hallazgo.

Eran tres hombres peleándose.

Gruñían y se golpeaban entre ellos; podía oír sus casi podridos cuerpos dando tumbos contra las paredes.

Se detuvo y desenfundó la pistola.

Estaban allá adelante.

Alcanzaba a ver sus siluetas en la oscuridad. Uno se arrojaba sobre el otro cargándole un rodillazo al estómago, pero el que lo recibía estaba más preocupado por el que estaba detrás de él, quien al parecer decidió atacar con una patada al primero.

Eran como animales. Como indios en una especie de ritual sin sentido.

El tufo a licor y leche podrida invadió su nariz, y eso fue suficiente para romper el trance. Se tapó la nariz con el brazo.

Fuera como fuese que hubiese empezado aquello, porque el espectáculo era tan incoherente que posiblemente ni siquiera había habido un comienzo, un hombre le agarró un lado de la cara al otro de tal modo que fue como si hubiera metido la mano en un recipiente con carne molida y lo estrelló contra la pared, después se subió encima y cayó sobre él.

El problema es que el tercero dejó a un lado la pelea para darse media vuelta y mirar hacia el fondo.

Y lo que sucedió fue bastante informativo, porque sin ton ni son, el hombre abrió sus espantosos ojos reclinando el cuerpo hacia delante, algo así como «para verte mejor», y trotó hacia el detective, con los dedos como pezuñas.

Estaban locos, los tres.

«Mierda», llegó a pensar, y sin pensárselo subió el arma y apretó el gatillo.

El harapiento se quedó quieto, cómicamente, y después cayó de lado, como un pino, directo al canal del drenaje, levantando un hongo desfigurado de agua que se difuminó en el aire.

Más que suficiente para que los otros dos, que estaban enzarzados, levantaran la cabeza como dos amantes sorprendidos y miraran hacia atrás.

Resollando en una sórdida mezcla de monos y hienas, se levantaron y escaparon.

Trotó unos pasos para ver si podía ver por dónde se metían, pero sintió la desagradable sensación de pisar algo pequeño y uniforme. Cruzó la pierna y levantó el zapato como en una reminiscencia de la infancia, cuando uno pisa mierda y mira la suela para contemplar la pasta pegada a la goma. Se había parado sobre una muela rota y alguna otra cosa mucho más blanda.

Al cabo de un rato decidió resumir su camino; su corazón se hallaba espantado porque había matado a otro hombre, y eso no estaba bien, no estaba nada bien desde un punto de vista personal. Gaspar era agnóstico, y moriría agnóstico, pero no hace falta ser de ninguna religión y no hace falta creer en algo para que a uno le quede la sombra de un terror amargo tras haber sesgado una vida, aun si se es policía, aun sin tener que pasar por la transición de convencerse con todo derecho de que lo había hecho en defensa propia. Era mucho más fácil echarle la culpa de todo ello al Trepanador. Eso lo ayudaba bastante, por ahora.

Dejó de divagar cuando el camino se bifurcó.

Finalmente, la larga pared a su izquierda tenía una separación angosta por donde se podía colar, y al final de ese caminito se hallaba lo que podría describirse como una calle subterránea.

Pero el detalle más importante es que había gente…

Al asomar la cabeza vio una parpadeante luz dorada que impregnaba todo. Se coló por la pared, lentamente, con el pecho presionado.

Del otro extremo sintió menos frío. Había focos de personas, en grupos reducidos, hablando de sus extraños temas, en frente de una y otra parada, mesa o estantería perladas de alfombras con objetos brillantes y extraños.

Gaspar escuchó unas risas suaves.

—Una vez le corté la cabeza a un hombre, le corté la cabeza mientras se estaba tragando algo… —contó un gordo de voz aterciopelada, una calvicie perfecta y llena su cara de maquillaje y ornamentos violetas, con sus feas orejas llenas de zarcillos obscenos—. Zas, fue muy rápido. ¿Y sabes cómo se vio? Se vio cómo todo lo que se había tragado le salía por la parte cortada de la garganta… Sí, querida… era como ver un gusano cagando un panqué.

Las leves y elegantes risas volaron como mariposas, el grupo alrededor del gitano llevaba túnicas largas y bordadas, y este contemplaba a su público con los ojos rasgados, casi asiáticos.

—Un panquecito… —repitió, y observó a Gaspar.

8

Alonso se acercó lentamente conduciendo la pequeña patrulla de policía frente a la casa de madera. A diferencia de como Gaspar había encontrado el panorama, Alonso no vio ni el autobús escolar cruzado ni al niño obseso haciendo gestos sexuales con los dedos. Tampoco le tocó soportar una lluvia tan copiosa como la de hacía dos horas, solo una llovizna helada y pareja regurgitando en el cielo.

Observó el portón cerrado de la casa a través del vidrio del asiento de al lado, y levantó la radio.

—No está aquí.

La voz hormigosa de Leguizamo salió despedida por la ranura.

—¿No?

—No. El auto de Augusto no está aquí.

—¿A dónde fue ese cretino?

Alonso esperaba que aquella fuera una pregunta figurada.

—Su auto no está aquí —se limitó a repetir—. No creo que siquiera haya entrado a la casa.

—Si no aparece, vuelves y buscas otra vez.

El policía vio a la derecha y a la izquierda, lentamente, de hombros caídos.

—Copiado, capi.

9

Arropado en túnicas doradas y azules, y colgando de sus hombros copiosos collares, el gitano vigilaba al detective, formando en sus labios pintados de negro una sonrisa que no era para él, sino un gesto con el que sostenía a su audiencia.

Gaspar lo observaba de reojo, y cuando hubo pasado el tiempo de etiqueta que dicta que la mirada es demasiado larga y que debe decirse algo o suceder algo, agradeció inmensamente que ese terrible hombre se quedara en el sitio y las cosas no hubieran escalado.

Aquello parecía la mórbida versión de un salón de clases, donde un alumno veterano ve a uno nuevo cruzar el pasillo.

Pasado un susto sobrevenía otro, que pulsaba como un dolor de cabeza; esas personas no eran vagabundos, no eran mal vivientes, solo gente que, para él, eran extraños. Algunos tenían túnicas y otros harapos complicados y pesados que concordaban bastante bien con la estética del lugar.

Ahí el raro, con sus pantalones negros, su gabardina y sus mocasines elegantes, era él.

Varios arcos sostenían un techo que se parecía a una cúpula alargada, que se extendía a los lejos para doblar suavemente hacia la izquierda, donde proseguía el camino. Como un túnel de hormigas iluminado con una adormecida luz de oro.

Y él, de todo lo que tenía ganas, era de despertar. Pero ahí estaba, con frío y un ya acostumbrado dolor de tobillos, testigo de cómo serían los años posteriores de su vida… o, dada su precaria situación, estaba por verse si esos años posteriores llegarían, después de todo.

Caminaba cuidadosamente y se sorprendía a sí mismo en la humillación de intentar no hacer ruido con sus propios zapatos, como alguien que debe caminar en una habitación de monstruos durmiendo. El olor a alcantarilla había quedado atrás, y lo que prevalecía ante su olfato era un incienso suave y amargo. Por allá se escuchaba la dulce melodía de un arpa y por el otro lado un silencio tenebroso.

Maldijo con tanto poder que repercutió en la cóncava de su mente.

Y cruzó lo que parecía ser una estatua griega de su estatura, puesta contra la pared como si fuera el guardián de un mercachifle y una alfombra de objetos de fantasía que estaba a sus pies. Gestó en su cabeza afiebrada un pensamiento tragicómico: «Para qué salí de mi casa hoy».

O para qué putas salí de mi casa hoy, si uno desea tener en cuenta los ecos de la amargura.

Pero sobre la amargura estaba su propio sentido de la supervivencia, y eso pesaba más, debía pesar más. Seguía siendo un detective, y uno endemoniadamente bueno, no un pendejo con una placa, como el noventa y siete por ciento. La mejor manera de evitar las miradas incómodas y que la gente sacara conclusiones apresuradas (y, Jesús no lo quisiera, que de las conclusiones tuvieran el suficiente tiempo de pasar a las decisiones) era sencillamente caminar y perder de vista a los de antes, para seguir andando y despistar a los de ahora, en un ciclo que arrastraba miradas.

Y podía ver, recatadamente, a uno y otro lado, caminando como un londinense bajo una lluvia, de esos que se ajustan el sombrero sobre la cabeza y descansan la cara entre los pliegues de la gabardina, los estantes, los buhoneros elegantes, vestidos como si aquello fuera la tarima de una serenata árabe, vendiendo cosas que enfrentado a su propio paso apenas podía llegar a reconocer.

Y entonces, después de mucho caminar, sucedió algo que no se esperaba y que rasguñó su capacidad de sorprenderse: el camino se bifurcaba en una Y.

«¿Qué tan grande es este lugar?».

Aunque sonara sarcástico, algo era claro: de esto nunca habían hecho un documental para la televisión. Ningún periodista había bajado las escaleras con su micrófono agarrado en la mano y se había puesto a entrevistar a la gente. La gracia de ser extrovertido en un lugar de completos extraños —que ni él mismo imaginaba que se agrupaban debajo de la ciudad— posiblemente podría costarle que le cortaran la cabeza, como al pobre diablo del cuento del gitano.

Por lo tanto, de pie ante las dos salidas, no se decidió ni por el camino de la izquierda ni por el de la derecha: sino por el del medio, el de una puerta enorme, alta, señorial, de dos hojas.

A cada lado de ella había columnas delgadas y altas, con blancas serpientes de concreto talladas alrededor, entrelazándolas hasta la punta, y que en vez de acabar en la cabeza de un reptil terminaban en la de un león, con el hocico abierto. En los ojos de ambos animales destellaban llamas apocadas.

¿Qué había impulsado al detective a alargar la mano tímidamente y tomar el picaporte de la puerta? La cosa no estaba fácil… sobre todo porque detrás de cada manija que uno gira sin ser invitado puede haber un propietario enojado. Pero la cosa era simple: las dos puntas, los dos brazos de la Y, la boca derecha y la boca izquierda, eran oscuras. ¿Había algo a lo largo del camino de cada una? Claro que sí. ¿Más vendedores, más gente que parecía salida de solo Dios sabe dónde, y que eran criminales que jamás había visto antes? Posiblemente. ¿Iban a conformarse de verlo con curiosidad? ¿Iban a tolerar a un extraño? ¿Lo iban a asesinar en el sacrificio de las 12:30, como a un pavo en Navidad? Puede ser.

Y ahí estaba esa puerta negra con vidrios esmerilados y azules que en su ingenuo anhelo era la sórdida versión de una oficina de turismo. ¿Quién sabe? Tal vez lo esperase una secretaria tras un escritorio, una tetona amable, que lo tranquilizara y que le mostrara el camino de salida y le diera una explicación lógica. Que le enseñara un mapa ilustrado como esos del parque de Disney o algo así por el estilo. ¿Por qué no anhelar? Ya había gastado suficientes cartuchos de ese sentimiento, «anhelo», anhelo de que no lo abandonaran en su vida sentimental. Todavía quedaban algunas reservas en el almacén, que con gusto dedicaría a… y la puerta se abrió al menor giro con un crujido placentero.

Lo que venía a continuación parecía la sala de espera de la oficina del último piso de un edificio ejecutivo de la antigua Europa. Había muebles forrados de cuero negro a los lados y cuadros viejos en las paredes.

Y después, al fondo, una puerta, más simple que la anterior, entreabierta. Del resquicio surgía una luz violeta.

Se acercó como quien entra a hurtadillas. Podía escuchar el desquiciante chirrido de las bombillas que pestañeaban en el techo, mariposeando constantemente. Pero lo interesante estaba debajo… mesas de consultorio médico, caladas en el piso, frías, puestas una al lado de otras, y sobre ellas, un grupo de mujeres desnudas, sentadas en círculo. Alrededor de ellas, se hallaba una transexual gorda y vieja, bien maquillada, con su cargado vestido de señora y su peluca pelirroja, que sostenía con gracia una cuchara de plata en la mano y un tarro abierto en la otra, echándoles azúcar en las tetas.

10

Aquello era como si hubiera entrado en la cueva de los murciélagos. Rostros famélicos, pómulos demasiado pronunciados sobre carnes blancas y ojos de todos los colores, hambrientos, tristes y curiosos que vieron con gracia a Gaspar, quien se había quedado plantado en la puerta.

La transexual estaba todavía distraída en su trabajo, ayudándose con los anteojos de señora que llevaba puestos y su mirada atenta al pecho de las mercancías, usando lo que podía de la no muy generosa luz para seguir el rastro de dulce pegajoso trazado en líneas serpenteantes alrededor de sus pezones, para dejar caer el brillante azúcar sobre ellas, haciendo el camino de una fina vía láctea sensual.

Pero pronto reparó también en la presencia del intruso, así que se sacó los anteojos y la cadenilla de oro amarrado a sus patas no evitó que los cristales tropezaran en sus grandes senos. Sus ojos se abrieron mucho.

—Estamos cerrados —exclamó.

Lo veía con rostro sorprendido e indignado a la vez, pero no una indignación tajante, no una indignación agresiva, sino más bien infantil. Miraba a Gaspar como si fuera un niño de un metro ochenta y dos, como si fuera un pillo, «eres un pillo, un pillo, un pillo malo».

«Un pillo».

Habiendo llegado ahí por obra de un asesino, habiendo sido

su vida completamente normal hasta hace una hora, Gaspar no sabía por dónde comenzar a digerir lo que veía.

—Lo siento, lo siento mucho, yo me voy.

La cosa hubiese sido demasiado fácil si la reina se hubiese quedado ahí, apuntándolo con la cuchara «pillo, eres un pillo, un pillo malo», incluso hubiese sido fácil si con esa voz ronca le hubiera hecho demandas sencillas: «Váyase de aquí». Pero no, no fue así: Antes de que pudiera escapar, le arrojó un lazo al cuello:

—¿De dónde viene usted? ¿Y cómo ha llegado hasta acá abajo?

El libro de las mentiras blancas volvía sus páginas como si estuviera poseído por un fantasma, y decidió optar por una que, viéndolo bien, era una verdad a medias, pero bastante desfigurada.

—Me trajo un amigo.

La transexual lo miró con su cara chata, de sapo. Hasta los hombres y las mujeres parecidos a los sapos pueden detectar cuando uno es un novato tan bien como pueden oler la mierda, pero si Gaspar sabía algo de leer rostros, habría estado seguro de que la excusa la satisfizo, al menos, de momento.

—¿Y viene aquí a buscar…?

—Nada —aseguró, meneando la cabeza, para dar aplomo a su negativa—. Estoy curioseando.

—Curioseando…

—Sí.

—No te sientas nervioso, querido.

—Gracias.

—¿Ves algo que te guste?

«Dios, quiero irme, déjame irme en paz», pensó desesperado.

—Sí, pero no para ahora.

—Desde luego, mira sin compromiso, la gente va a venir luego. Recuerda que lo que no veas aquí no significa que no lo tengamos en la bodega, corazón.

—Gracias.

La transexual levantó un brazo del que colgaba una larga manga elegante e hizo una reverencia.

—A tus servicios, corazón.

Gaspar no lo pudo contener, tuvo que volver a dar las gracias, moviendo la cabeza.

—¿Qué es lo que te mueve el piso? ¿Gordas? Hay gordas.

—No.

—¿Enanas? Tenemos enanas.

«Dios mío».

—No.

La transexual lo miraba ahora con una ceja enarcada.

—¿Tienes algún encargo especial? Podemos hacer encargos especiales.

—Muchas gracias, solo curioseo.

—Está bien, corazón.

Entonces, con un canturreo, tal vez para aliviar la insatisfacción que sentía ante los improbables caprichos de un cliente difícil, siguió derramando azúcar en las tetas de las señoritas, que no dejaban de mirarlo como halcones.

Gaspar se disculpó en silencio y dio media vuelta.

11

El gordo gitano cuya anécdota había entretenido tanto a su pequeña audiencia se vio en la necesidad de despedirlos cortésmente. Había algo más importante de que hablar… había chisme, y el chisme era una de las pocas fuerzas místicas del universo capaz de levantar su obeso pero delicado culo del suelo.

Sus brazos eran puros, su piel tal vez magnífica, como la de una mujer, era cremosa.

Se aproximó a una esquina, sus ojos casi asiáticos se tornaban más afilados. Ahí, debajo de un farol con una gruesa y chorreante vela encendida, habló con un tipo alto que usaba la máscara de algún demonio rojo venido en desgracia.

—Ya veo, sí, ya veo…

La voz del hombre de la máscara sonaba profunda, grave y cerrada. La ranura de la boca era si acaso una línea horizontal, corta y cruel.

—¿Quién lo trajo? —preguntó, acariciando su propia mejilla; las uñas de sus gordos y suaves dedos estaban pintadas de negro y tan pulidas que la luz brillaba en su reflejo.

—Salvador lo trajo, Salvador el que trepana. Él fue —aseguró hoscamente—. ¿Quién si no?

—Ese inconsciente… ese inconsciente hijo de puta buscapleitos.

12

Augusto Gaspar consideraba que ya había visto suficiente. Ya había visto, de hecho, demasiado. Por hoy, la semana, el mes, el año y quién sabe si una vida entera. Él no era un tipo aventurero. La palabra le parecía incluso ridícula, le molestaba de algún modo que no sabía definir.

Pero desgraciadamente aquello a lo que llamamos La Vida no tiene una salida de emergencia (bueno, tal vez sí la tiene, pero hay que estar realmente acabado y tener demasiados huevos como para optar por ella, especialmente viniendo de una estructura católica). El hecho es que no había un punto intermedio, Dios no había creado a los seres humanos con la capacidad de darse tal lujo.

Cuando hay que atenerse a la estupidez, necedad y maldad de la gente, a uno no le quedan más que dos opciones: defenderse o irse. Y a veces uno no siempre se puede ir.

Defenderse, a decir verdad, es fácil si todo lo que se requiere es reunir huevos para dar la cara. Pero en otros casos la situación se torna diferente, tan diferente que se aleja de la cotidianidad.

Y ese, justamente, era su caso. Había tenido que matar a dos personas y en cualquier lugar del mundo que no fuera dentro del rollo de una película eso no estaba nada fácil.

Ahora que había salido por la puerta negra del puticlub subterráneo, debía elegir nuevamente entre las dos vertientes de la Y, ¿derecha o izquierda? La decisión más vieja del mundo.

Derecha.

Derecha porque en asuntos de política, del que su padre hablaba tanto y en el que lo introdujo desde muy joven, a él le gustaba más la derecha que la izquierda. Mucho más.

El problema es que al tomar su decisión ignoraba por completo que, en opinión de cualquier persona versada en los subterráneos y que sabía lo que se encontraba en el fondo de ambos caminos, estaba cometiendo un grave error.

13

Todo estaba muy oscuro y lo único que alcanzaba a ver era un reflejo brillante y fantasmal al final del túnel que se desviaba horizontalmente hacia la izquierda, como si estuviera dentro de una rosquilla gigante.

Sentía la humedad en las paredes, entre sus dedos y alrededor de él. El ambiente era pantanoso, su frente estaba perlada, pero no de sudor. Agradeció no tener que usar anteojos. Si bien la oscuridad no ayudaba demasiado, necesitarlos habría reducido su visibilidad un porcentaje bastante alto y habría tenido que preocuparse, cada tanto, de limpiar los cristales.

Se escuchaba un zumbido, un dragón mecánico, que ululaba. No tardó en darse cuenta de que el frío cavernario no era de ambiente; estaba rodeado de complejos sistemas de aires acondicionados que escupían frío hacia arriba, congelando las paredes.

Cuando la bifurcación acabó, el camino se cortó en dos, la anchura del túnel se veía reducida a la mitad: del lado izquierdo un pasaje con luces pegadas a la pared, luces rojas de candelabros en fila, y del lado derecho, una reja abierta que conducía a un pasillo con baldosas blancas, limpias.

Las luces, que eran igual de blancas, colgaban de lámparas, una camilla de hospital a un lado, y al fondo una puerta doble, con ojos de pescado.

La cosa entonces tenía lógica: los aires acondicionados eran para mantener inmaculado el ambiente. Estaba adentrándose en un hospital.

«Un hospital subterráneo, por el jodido amor de Dios».

Los jodidos amores de Dios a los que uno recurre de cara a lo desconocido se estaban transformando en los «putas madres».

«Puta madre, por Dios» que uno lanza en nombre del Señor cuando lo que se ve es sorprendente.

Por otro lado, Gaspar creía empezar a entender.

«Y puta madre, tienen su hospital y todo».

Pegado a la reja que estaba abierta, vio por la transparencia del cartel las letras al revés, pero no necesitó empujar la puerta para leerlas.

Decían:

PARA RESERVACIONES, FAVOR COMUNICARSE
CON EL DOCTOR ARIEL
Frecuencia número 1225

Ahora sabía que allí abajo no se estilaban los celulares, sino los radios.

Lo que no le quedaba demasiado claro era eso de «reservaciones». ¿Reservaciones para qué? ¿Acaso ellos sabían cuándo se iban a enfermar? ¿La fecha en que tendrían un accidente? ¿O significaba que el hospital, además de hospital, también servía para toda aquella mujer del subterráneo que quisiera hacerse las tetas? ¿Cirugía plástica, tal vez? ¿Una lipo?

Si hubiera sido un civil, un carpintero, herrero, ejecutivo, taxista, dueño de local o gerente, Gaspar hubiera pedido explicaciones al sistema. Pero al ser policía entendía cosas que el resto no, como que hay situaciones que son demasiado imprevisibles o descabelladas, que a veces pasan cosas y, por difícil que sea de comprender, no son culpa de nadie.

No pueden ser culpa de nadie.

—¿Hola?

Se adentró al pasillo, lentamente. El frío era endemoniado.

—¿Ariel?

A saber Dios si Ariel estaba detrás de la puerta al final, con una bata, un barbijo y un paciente acostado en la camilla con la pelvis abierta, curándole una hernia.

A pesar de ciertas inclinaciones políticas, y a pesar de no ver con malos ojos a uno que otro dictador que había gobernado el país vecino, Gaspar era liberal, liberal en el sentido que él no consideraba a una transexual como la representación del fin del mundo. Para él eran personas, y al cuerpo a darle lo que le guste, con sus narices lejos de los asuntos personales de todos, ya que a uno no le gusta que un mojigato tarado y fundamentalista metiera las suyas en los propios. Pero la esperanza de encontrarse con un doctor jugaba una influencia cultural en él; no era lo mismo un transexual que echaba azúcar en las tetas de unas mujeres famélicas que un doctor, un sujeto que tal vez pudiera ayudarlo, explicarle, ofrecerle una conversación normal, lógica, coherente, «por el jodido amor de Dios».

O tal vez, el doctor iba a ser mil veces peor que el transexual...

Se daba cuenta de que su imaginación estaba jugando muy en su contra, pero era inevitable, porque en determinado momento uno no sabe si es la imaginación o el sentido común arrojando alertas. Después de todo, un doctor que atendiera en un sitio así no podía ser una persona demasiado normal, por más doctor que fuera ¿o sí?

—¿Ariel?

Cada vez estaba más cerca de las puertas. Trataba de ver lo que había detrás de los ojos de pescado. Por la forma como se aproximaba y por cómo iba cambiando el ángulo de su visión, la escena estaba servida para que pasara algo terrorífico.

Pero nada. Solo una sala de espera amplia con baldosas blanquinegras, una mesa y varias sillas.

Empujó la puerta doble. El aire se tornó más gélido.

Entonces, en la pared de la izquierda, encontró una puerta, muy extraña, con un vidrio oscuro, enorme, circular.

Se acercaba, despacio, achinando los ojos, para ver mejor por el cristal. Adentro se reunían varios niños y algunos adolescentes, rejuntados todos, mal vestidos. Miraban una enorme pantalla de televisión.

Desde un poyete, casi pegado al techo (como para que ninguno de ellos pudiera alcanzarlo), se hallaba un aparato de DVD con la película animada *Robin Hood*. La del zorro, el oso y el estúpido rey leonino.

Puso sus dedos sobre el cristal, discerniendo lento, pero seguro, sus arremolinadas ideas, con la seguridad de que ninguno de los chicos giraría la cabeza para verlo.

Embelesados, algunos con dentaduras rotas o sobresalientes, ojos grandes, sinceros, saltones, observaban la pantalla, como si el Gran Hermano les estuviera informando sobre la última guerra.

Era como un rebaño de ovejas, y él bien podía verlo. Niños mansos, como leones domados, de los que se encuentran tras la jaula en el zoológico, de esos que han nacido en cautiverio, que bien se diferencian con los que tienen miradas fijas, salvajes, que lo hielan a uno. Un oscuro «algo así» era la diferencia entre estos y los que conocía de la calle, los que son avivados, harapientos pero listos, los que lo miran a uno y uno apenas puede resistir la tentación de taparse el bolsillo. Estos no eran así, el aspecto físico era el mismo... pero por dentro no eran así.

Como una revelación silenciosa, supo que habían nacido en el subterráneo y que no conocían lo que había arriba. El color letrinoso de sus pieles, sus cabellos ralos y grasos, miradas perdidas y uñas moradas lo atestiguaban. Algunos niños de piel amorenada eran criollos, lo supo por sus narices y rostros. Pero toda una existencia en el subsuelo les había vuelto la tez más blanca que la de quien los veía detrás del espejo, sus brazos eran lechosos y sus nalgas mostraban una blancura incluso deforme.

Fue entonces cuando reparó en la placa del lado superior de la puerta, metálica, negra, elegante incluso:

SALA DE DONANTES

«Para reservaciones, por favor comunicarse con el doctor Ariel».

«Oh, maldita sea».

—Por favor…

Volvió a leer:

SALA DE DONANTES

«¡Qué asco! ¡Por favor!».

Levantó las manos y se apretó lo cabeza a ambos lados.

«Oooh, oh, oh…».

Levantó de nuevo la mirada, como en una parodia cómica:

SALA DE DONANTES

«Dios mío, ¿qué es esto? ¿Quiénes son estas personas?».

Giró la cabeza para ver la puerta de entrada, a través del ojo de pescado se alcanzaba a divisar la camilla blanca a un lado del pasillo.

La parte más cínica de sí mismo hacía esfuerzos grandes por estirar ambos brazos y detener el torbellino y hablarle a Gaspar como siempre le hablaba: insultándolo.

«Claro, papi, ¿y qué te crees tú? ¿Qué todo lo que has visto hasta ahora no cuesta? ¿Qué hacer todo esto así debajo de la ciudad no es ná? ¿De dónde te crees que sacan la guita? Porque muy sabroso venir y follarse a una gorda, a una enana o incluso a un niño sin temor a que la poli te pesque, eso es un negocio… un negociazo, pero no es suficiente, los cálculos no dan, papi… así que el grueso del billete está aquí, aquí mismito, míralos a través del vidrio, jo, si hasta los cabrones lo han hecho para que un viejo joputa que mantiene una de sus tantas franquicias para pagarse na'más la gasolina del jet venga, mire y los escoja como una langosta en un restaurante. "Para reservaciones, por favor comunicarse con el bastardo de Ariel". ¿Quieres un riñón? ¿Necesitas un hígado? Las apretadas listas de espera para obtener un corazón son para la plebe… aquí uno viene y los escoge, papi, es así de fácil».

—Me cago en todos.

La gente tras esto era la mierda de la mierda de la mierda, la escoria en serio, la crema y nata de la podredumbre… y adivina qué: tienen suficiente dinero para lavarse el culo con billetes de cien y usar bidets de agua mineral o champán, depende a qué quieren que les sepa el culo cuando el presidente se los bese.

Pero no podía hacer nada —la balada típica del héroe de la vida real—, no, por ahora no. Primero lo que había que hacer era salir de ahí, y luego tomar acción, y después… no, espera, primero era intentar que no lo mataran, que no girara la cabeza y el filo de un hacha le llegara hasta el hipotálamo, dejándole la cara como un culo, entonces luego saldría de ahí y después, pondría todas sus fuerzas en desbaratar el lugar. Le avisaría a Leguizamo, le avisaría al ministro, le avisaría al alcalde, pero como las fuerzas de la justicia no son suficientes por sí mismas, recurriría al poder mayor, al tope de la cadena: a los periodistas.

Llamaría a las cadenas, a la CNN, a la CBS, llamaría también al jodido Canal Mundo si tuviera que hacerlo, y los llevaría de la mano hasta allá. El escándalo sería mayúsculo, y cabezas rodarían, sí… porque estaban metidos muchos clientes ricos, quién sabe, quién sabe quién podía tener las manos ahí.

Después de todo, había criminales mucho peores que el Trepanador.

Salió a paso apresurado por el pasillo, tal vez cruzando esos dedos simbólicos que tiene el corazón y apostando a su suerte para no encontrarse de frente con el buen Dr. Ariel. Si lo hacía, tendría que volarle la cara de un tiro… y si bien nadie iba a notar la desaparición de dos vagabundos, sí notarían la falta de un doctor. Del hijo de puta con diploma universitario que en buena parte orquestaba la función.

Cruzó por la reja, echó un rápido vistazo al cartel de la entrada «para reservaciones, favor comunicarse con…». «¡Qué hijos de puta!».

Se alejó dos pasos y entonces procedió por el camino de la izquierda, el largo corredor de luces rojas, y trotó.

Y llegó a tal punto que cuando miró hacia atrás todo lo que podía ver era un enorme tramo que desaparecía en el estrecho horizonte atrapado entre dos paredes.

Miró hacia arriba, preguntándose bajo qué parte de la ciudad estaría. No escuchaba el tránsito, no escuchaba el castigador peso de los autobuses, ni al gentío, ni a la urbe.

14

A pesar de que por un momento parecía que los extremos del pasillo se iban a tocar y que no tendría final, este terminaba, al fin, en una puerta doble. Gaspar la empujó.

Al frente se abría una sala oscura. Era como estar dentro de una universidad vieja. El suelo era frío, los apoyamanos de las escaleras que descendían estaban hechos de madera y se ensortijaban al principio y al final.

Bajó, sintiéndose la única persona en el mundo.

Poco a poco se encontró con una palestra elegante desde donde se levantaba una columna con un anuncio de neón en el que se leía:

GALERÍA DE ARTE

A Gaspar no le gustó para nada. Pensó que lo de los niños iba a ser el capítulo final de su enfermo encuentro con el submundo, con la ciudad del Trepanador, pero todavía había cosas por ver.

Y minutos después una de ellas resultó ser un cubículo dentro de una pared. Era oscuro, pero no lo suficiente como para privar a sus ojos de lo que había dentro: una persona obesa, con las nalgas surcadas de complicadas várices moradas, sentada sobre un inodoro de bronce. Sus pantalones hacían un envoltorio entre sus tobillos, tenía el cuerpo inclinado hacia delante y la cabeza empotrada hasta el cuello dentro de una pared.

Gaspar apretaba las manos suavemente. No sabía si la persona que estaba ahí era real o no, y como él mismo no era ni niño ni joven, tampoco sentía esa necesidad intrínseca de averiguarlo.

Solo tenía claro que aquello era la idea de una obra de arte para alguien, y eso era lo verdaderamente importante, sobre todo porque él estaba ahí.

Leyó la placa de quien se atribuía la obscenidad: «J. GAMBERINI». De un impulso sacó su pistola del pantalón, aunque no sabía si J. Gamberini era el artista o el personaje central de la obra.

Más allá, habían otros horrores que demandaban ser vistos: un torso femenino con las extremidades arrancadas (porque amputadas sería tildarlo de prolijo, y no lo era) y la panza y el pecho disecados. Estaba convertida en una cáscara y yacía sobre una mesa de madera.

Y otro modelo, un cuerpo que alguna vez también había tenido vida, al otro extremo, pero sin piernas, quemada, aunque no lo suficiente como para que la piel quedase cadavérica. Se conservaba pálida, con los grumos y las protuberancias del fuego en su humanidad desfigurada, su cara sin edad y los párpados fundidos sobre la cuenca de sus ojos. Las luces blancas las bañaba, cómplice de un silencio eterno.

Por un momento se sintió tonto, ahí, con su pistola en la mano y nadie a quien dispararle. Su mente estaba demasiado ocupada, demasiado perdida en la marea nauseabunda y la incredulidad total como para siquiera darse a la tarea de buscar el refugio de la lógica. Lo amenazaban las ganas de vomitar; era una tormenta en su pecho. Su conciencia quería gritar, pero no podía, ¿por qué lo hacen? ¿Qué significa esto? ¿Cómo lo permiten? ¿Qué clase de gente son? Sabía que los cadáveres, montados cuidadosamente, eran reales, que habían sido gente que estuvo de pie, tuvo sentimientos, anécdotas, familia, dolientes y aspiraciones. Pero ahora posaban ahí, convertidos en arte para algunos y horrores para él.

La salida estaba al frente, y antes de que su mente siguiera divagando y dejar que lo afectara demasiado, decidió obligarse a sí mismo a marcharse.

15

Cuando Gaspar cruzó la antesala hacia un enmarañado camino de columnas, se encontró con una plaza muchísimo más amplia que todo lo que había visto antes. Consideró que tal vez hubiese sido mejor darse la vuelta y desandar el camino, pero había tomado la decisión contraria y ahora se estaba arrepintiendo de ello. Aunque las esperanzas de volver a encaminarse (si es que alguna vez se *encaminó* en todo el tiempo que llevaba allá abajo) seguían vivas.

Estaba en lo que podría llamarse laberinto, pero en lugar de paredes había columnas que alcanzaban el techo. Eran numerosas y estaban por todos lados: simples, monótonas, blancas. Odiaba el blanco. La Galería de Arte había sido, en su mayor parte, blanca. Ese color tenía un algo perverso que llevaba al horror con más frialdad.

Su mente se encontraba indigesta, cargaba a cuestas una resaca de emociones, una cosa es describirlo pero otra era estar en sus zapatos. Estaba acercándose a ese punto en que es necesario desconectase. ¿Qué otra cosa tiene un adulto como instinto de preservación? La euforia se había acabado, la idea de ir con los periodistas, armar alboroto y no quedarse de brazos cruzados se desvanecía, como poco a poco lo hacían sus esperanzas... su reino por una ruta que lo llevara a la superficie. Era todo lo que quería. ¿Qué más iba a hacer? El lugar era grande, no se terminaba y no encontraba una maldita salida.

Y seguía y seguía, y a cada paso y en el transcurso de cada

tortuoso caminar una maldición: a Dios, a su suerte, a su ex, al Trepanador, a su trabajo, al capitán Leguizamo… a todos los responsables, directa o indirectamente.

Había gente allá arriba, en la ciudad. Muchos estaban contentos, muchos disfrutaban de la vida, en su barrio de lujo o en su apartamento bien equipado, con Internet, con televisión, con teléfono, con el amigo, con la pareja, con quien jodidos fuera que uno decidiera pasar el maldito tiempo de su maldita vida, eso no importaba, eso no tenía relevancia, porque nadie tenía idea de todos los sinsabores y horrores que ocurrían ahí, debajo de sus hogares.

Aquello parecía una especie de templo, un templo como el que habría tenido Medusa en la bizarra realidad griega. El suelo era de piedra, las columnas uniformes, el panorama amplio y allá, hasta donde la vista alcanzaba, se daba cuenta uno de que todo estaba rodeado de una sola y larga pared en línea circular.

Vieja, cremosa, salada, con espacio para ventanas en formas de D acostadas, negras por dentro. ¿Había gente allá? ¿Había algo siquiera? El sitio debía ser un bazar gigante, pero un bazar abandonado. Fácilmente tendría el tamaño de un campo de fútbol y sentía la desagradable sensación de que, si tuviera que escapar, no podría hacerlo a tiempo o, mejor dicho, no podría hacerlo *inadvertidamente*.

Varias veces tuvo que detener su apresurado paso para mirar hacia atrás. Cuando uno está completamente solo en un mal lugar, es cuando más se teme que aparezca compañía no deseada, desde luego. Temía más que en los pasillos de champán de los mercachifles. Lo que fuera que se le acercase —si es que se le acercaba— lo haría con una velocidad increíble en pos de tomarlo inadvertido. Pero al lado de toda una gama de pensamientos negativos había algo bueno, o quizá no bueno, pero sí seguro: lo que se le acercara sin su permiso, iba a recibir una buena descarga de plomo. Eso lo satisfacía.

Al otro extremo del hall, observó una entrada (o una salida) que se abría sobre la pared como una boca ovalada. Daba paso a un largo pasillo y al fondo había otra puerta doble que, como todas las que había hallado, estaba abierta. Al parecer, entre los criminales del subterráneo operaba una ética sólida.

Cuando cruzó la puerta, el frío —reminiscencia desagradable que psicológicamente le había quedado del hospital—lo obligó a guardar la pistola y abrocharse los botones de su gabardina. Suspiró y se limpió los párpados con la palma de ambas manos.

La condensación era muy alta y parecía que las paredes estuvieran sangrando, igual que en las mansiones del terror. Las luces azuladas en el techo impregnaban con un tono grisáceo el intrincado lugar que llamaba a gritos a la claustrofobia, aunque tal vez el sitio en sí no era tan terrible, tal vez era él…

Se dio media vuelta y leyó el enorme cartel que coronaba la puerta como una sonrisa invertida, y que desmintió la idea de que el escenario anterior era un bazar: «EL CONGRESO». No tenía ni el tiempo ni la paciencia para meditar sobre ello.

Antes de que pudiera entregarse a otras cavilaciones, lo distrajo una fea voz que se coló con el ulular del aire acondicionado y que lo obligó a mirar hacia el fondo.

Bajó sus manos palpando su cuerpo para sentir, sobre la tela, la pistola.

Adelante se abría un camino en tres direcciones. Gaspar nunca fue bueno para seguir sonidos, pero ahora tenía que dejar a un lado su condescendencia y hacer una excepción.

La voz, otra vez.

Hablaba muy rápido, a veces parecía que cantaba, pero luego volvía a un tono más bajo, aceleraba, se hacía lenta, subía, gritaba… y nada de lo que decía era siquiera audible desde ahí, era como si estuviese escuchando a un electrocardiograma.

Su inteligencia policial le dijo que en el mejor de los casos alguien estaba hablando por teléfono. En el peor, alguien estaba dando un discurso a un grupo de personas.

Acercándose despacio, vio que luego de la pared había un largo ventanal oscuro. Él no podría ver claramente hacia adentro, pero desde adentro, lo iban a ver a él perfectamente.

No todas eran malas noticias, al menos no de momento; resulta que no había ningún hombre dándole un discurso a nadie, o al menos no directamente… el encendido letrerillo luminoso de arriba que rezaba SILENCIO en mayúsculas se lo confirmó. Era un estudio de radio.

Y ahora el locutor con voz acelerada, como inducido por un cortocircuito, declamaba algo acerca de la falsa moral de la Iglesia, dando un puñetazo a la mesa de madera. Estaba a oscuras, las lucecillas verdes y rojas perlaban su cabina arriba y a los lados, y un antiguo micrófono se hallaba exageradamente inclinado hacia abajo.

«Y ahora…».

Gaspar se puso en cuclillas y pegó la cabeza a la puerta, suavemente.

«Porque…».

Contuvo la respiración.

No sabía nada sobre los estudios de radio, pero eso no quería decir que no fuera inteligente; sabe que donde hay un locutor, también debe haber un operador.

Su racha de suerte continuaba porque un segundo vistazo lo convenció de que el locutor se fungía a sí mismo como operador. Estaba solo.

«Yo opino…».

¿Qué iba a hacer? No lo sabía premeditadamente, pero lo acechaba el fantasma de una idea.

Es simple: no planeó fríamente capturar al hombre que se hallaba sentado allá adentro, ni tampoco conseguir que le dijera cómo abandonar el subterráneo. Tampoco había planeado concienzudamente que sacarle información a un locutor sería incontables veces más fácil que a un doctor o a un artista loco, ambos hundidos en la mierda por el factor de la culpabilidad, un locutor también era culpable, pero en un menor grado: su responsabilidad solo llegaba hasta cierto punto, su responsabilidad se limitaba simplemente a «saber» y, tal vez, por medio de su pequeña boquita de mierda, alentar a toda una comunidad a seguir delinquiendo. Gaspar no necesitaba planear nada de lo anterior: tenía el plan a flor de piel.

Respiraba con los labios entreabiertos, tan llanamente que ya acusaba la falta de oxígeno. Acariciaba el resquicio de la puerta con el cañón de su pistola.

«Pero bueno… (No pudo entender lo que prosiguió), los dejo con un poco de música de mierda». Y empezó a sonar «Don't Fear the Reaper» de los Blue Oyster.

Sus extremidades se coordinaron para que la mano bajara el picaporte de la puerta y el pie pegara una patada después. Se abrió y se estrelló tormentosamente al otro extremo, escuchó las cenizas que escupía la grieta que el pomo hizo a la pared de al lado.

Apuntó a los ojos del sujeto, que lo observaba sentado aún en la silla, sin inmutarse en lo más mínimo.

De hecho, el que se estaba inmutando, lenta y agriamente, era Gaspar.

Lo que tenía en frente, vestido con un trajecito a rayas, al mejor estilo de Al Capone, un pin elegantemente colocado sobre su pecho con la forma de una pequeña radio de oro y un amago de sonrisa divertida en su rostro, era un bebé adulto.

O, dicho de manera un poco más informada: un hombre con síndrome de Gilford o envejecimiento prematuro.

«Come on baby… Don't fear the reaper… baby take my hand, baby, don't fear the reaper… we'll be able to fly…».

Lo seguía mirando de una manera que podía traducirse incluso como prepotencia. Gaspar había visto enanos antes, pero esto era completamente distinto. Un enano vería a un hombre como aquel con pena. Y todo se empeoraba con que, ligado a su falta de cabellos y cejas, tenía una inmensa vena roja desde la frente hasta el párpado del ojo izquierdo. Si le prestaba la suficiente atención, la observaría latir y todo…

—¿Qué haces, pendejo? —No sintió ningún apuro en contestarle. Se quedó callado—. ¿Quién eres tú? ¿Y qué haces aquí? —Nunca había escuchado la palabra «aquí» con un sentido de la propiedad tan amplio. El hombrecito, obviamente, no se refería solo al estudio de radio—. ¿Y por qué me apuntas con eso? Ven, que aquí entre las piernas tengo algo más grande y te lo meto por el ojo.

La risita que sobrevino fue igual a escuchar fragmentos de vidrio cayendo por una probeta.

—Le sugiero que se dé cuenta de que no está en posición de hablar así.

—Te sugiero que llames a tu madre y le digas que se me ponga en cuatro que tengo ganas de cogerme a un sapo travesti, so puto.

Gaspar apretó la mandíbula. Todavía no podía reponerse a la visión dantesca de un lactante envejecido.

—Me alegro de que compense sus faltas físicas con un lenguaje tan *dichachero*, pero…

—Se dice dicharachero, retrasado mental.

—… usted va a venir conmigo.

El tipo mostró entonces su primera emoción palpable: arqueó las cejas (se tradujo en un millar de arrugas sobre su frente) y sonrió. Parecía como si los ojos se le fueran a salir de las órbitas.

—No cojo a domicilio.

—Ser un pendejito vulgar no te va a ayudar.

—¿Quién te mandó acá abajo?

—No me haga preguntas.

—¿Quién te mandó?

—Simplemente llegué aquí.

—Es imposible llegar por accidente.

—Y a mí me parece imposible que acá abajo no pueda haber nadie normal.

La respuesta hizo que rompiera a carcajadas, apoyando su enorme cabeza en el respaldo de la silla.

—Buen punto, putazo, buen punto.

No acabó de alcanzar el micrófono con una de sus manitos carnosas cuando el cañón de la pistola estuvo cerca de rozarle la frente.

—¿Qué pasa? La canción se va a acabar en un minuto, no vas a dejar que deje a mi público a oscuras…

—Si crees que te voy a permitir hablar al aire me estás subestimando más de lo que debieras. Quita.

Le mostró la palma de la mano al detective, como pidiéndole que se calmara, y entrelazó los dedos con la otra.

—¿Qué esperas de mí?

—Me vas a decir cómo salir de aquí.

La grotesca sonrisa retornó en su pequeña cara; por momentos, sus dientes parecían demasiado numerosos para una dentadura humana.

—Eso no va a ser posible, querido.

—¿Ah, no?

—No. Porque ni yo salgo de aquí. —Gaspar se permitió abandonar su aplomo y lo miró aterrado—. ¿Qué te puedo decir? —prosiguió, extendiendo los bracitos hacia arriba y mirando el techo como si estuviera glorificando a un espíritu—. Tengo todo lo que necesito aquí abajo. ¿Para qué irme?

—Eso sería una lástima…

—Oh, no no no —repuso, chistando varias veces—. A mí me encanta aquí, como también le encanta a gente que está a océanos de distancia de tu paupérrimo rango intelectual.

—Lo digo porque si no logro obtener nada de ti, te voy a meter una bala en la boca.

El enano abrió los labios en una pequeña «o» sarcástica.

—Igual, después de que te dé direcciones, me matarías para que no les dijera que vengan y te abran un ano en los pulmones para que haga juego con los otros que tienes en el culo y en la cabeza. ¿Así que qué más da?

—Da exactamente igual. Y no me darás direcciones. Me vas

a acompañar, no me importa que pienses que te voy a matar. No lo haré.

—Nunca. Pero solo para analizar tu chistoso y retardado mundo de fantasías, digamos que accedo, ¿cómo sé que de todas formas no vas a intentar pegarme un tiro cuando te muestre la salida?

Gaspar extendió una mano para doblar el elaborado brazo metálico de la mesa y poner el micrófono lo más fuera posible de su alcance.

—Digamos que es una combinación entre que tienes las piernas cortas y estar seguro de que no practicas judo.

El tipito se lo quedó mirando fijamente con la boca cerrada.

—Ahora vamos, baja el culito de la silla.

Lo que sucedió en ese instante fue una ridiculez que uno esperaría encontrar en una película, y una mala, pero pasó ahí, en ese instante, y a él: el enano se abalanzó hacia delante y le dio un puñetazo en los testículos.

Pegó un brinco de la silla, como si sus nalgas hubieran hecho *boing*, y se fue corriendo.

Tuvo que poner una rodilla en el suelo y tomar aire, atormentado por el remolino de dolor y la sorpresa por la fuerza que tenía el sujeto.

Se dio media vuelta, empezó a andar torpemente sin atender a las súplicas de su entrepierna y empujó la puerta con el hombro.

Vio su pequeña espalda moviéndose apresuradamente; sus piernas corrían con ferocidad, pero eso no hacía que se alejara rápidamente. Si era lo suficientemente estúpido como para salir por el gran hall, podía darse por capturado, pero no lo era. Dobló a la derecha.

—¡Para, hijo de puta!

Aunó las suficientes fuerzas para trotar, dando brincos, tropezando por el pasillo. Alcanzó a ver el trajecito de Al Capone contorneándose en la esquina.

—¡No te voy a lastimar!

Siguió sus pasos, tomando el resquicio de las puertas y agradeció que su oponente no fuera lo suficientemente alto como para alcanzarlas.

Colocó una mano al borde de la pared y asomó la cabeza. El enano empujó una puerta doble con ambos brazos y cruzó un túnel con cañerías y escapes de ventilación a los lados.

—¡No te voy a lastimar, idiota!

Fue la absoluta falta de respuesta lo que lo enfureció más, lo suficiente como para que, paradójicamente, pensase volarle un pie de un tiro.

Poco después empujó tormentosamente las mismas puertas. Las aspas de los ventiladores formaban monstruos a la sombra.

Al fondo había un pórtico con ventanas de vidrio, que solo dejaba ver una luz dorada encendida que no tardó mucho en apagarse.

—Moquito degenerado —jadeó, palpándose los testículos—, me quieres tender una trampa ¿verdad?

Empuñó la pistola.

Se detuvo en cámara lenta y empujó suavemente la puerta con el cañón.

Aventuró la mano derecha para buscar algún interruptor de luz, sin éxito.

Se adentró entonces, intentando ayudarse con la luz de afuera. Una alfombra roja llevaba a un elegante escritorio de madera con tintero, pisapapeles y acolchada silla vacía al fondo. A los lados del cuarto se levantaban sendas peceras. Una anguila enorme se contorneaba suavemente.

Al entrar, tuvo la mala suerte de que la puerta se cerró sola. Gaspar miró la silla… tenía demasiado sentido que el pequeño hijo de puta lo estuviera esperando debajo del escritorio.

Miró entonces la rocola ubicada a un lado, la radio dorada que reposaba cuidadosamente sobre un pedestal y también las esquinas entre los grandes sillones esponjosos que descansaban justo delante de un enorme retrato de mal gusto del enano. El desgraciado tenía una oficina ostentosa.

—Por favor, sal.

No consiguió respuesta.

Sobre su cara brillaba una parodia de aurora ocasionada por la mezcla del vidrio y el agua detrás de ellas.

Lo peor era el piso de madera: sus pisadas se escuchaban con un largo crujido preambular. Esto lo ponía más nervioso porque significaba que el bastardo debía estar agazapado en algún sitio, inmóvil, preparado para saltarle encima.

Alargó un brazo para hacer girar la silla, como si aquello sirviera de radar magnético. Contuvo la respiración y su cuello se agitó.

«Maldita sea».

Le provocó abrir la boca y dar un discurso agrio, amargo y con mucha dosis de veneno sobre lo mucho que se iban a podrir en el infierno todos ellos, sobre lo ridícula que era la situación en sí. Quería usar palabras recalcitrantes y verbos negros, lo suficiente como para afectarlo, pero tal cosa no iba a suceder.

Y tal vez si le hubieran dado unos pocos segundos extra, Gaspar hubiera pensado sobre qué tanto tiempo podía estar escondiéndose el enano, qué tanto podía durar esa situación, qué tanto tiempo pasaría antes de que eventualmente lo encontrara, porque, tal vez eso lo hubiera ayudado a reaccionar mejor ante la trampa que le tendió.

La radio de oro en el pedestal se encendió tormentosamente, sus ventanillas brillaron con luz azulada y sus agujas bailaron. De las rendijas salió disparado el tema «Cantina Band» de John Williams.

Y fue cuando el detective se sobresaltó con un meneo estúpido que sintió cómo le raspaban el talón del pie con una navaja suiza.

Cayó al piso, no sin antes presionar el gatillo y abrirle un hueco a la pecera, la bala pasó entre los pliegues de la anguila.

Su pie se empapó de sangre y dolor. Lo habían lastimado con sorna, con rabia, y posiblemente le mellaran los tendones.

El enano se aprovechó de darle una patada en la frente y quitarle la pistola. Tenía una fuerza extraordinaria para su tamaño.

—¿Y ahora qué, hijo de la más verdulera puta bosta-de-vaca, y ahora qué?

Le arrojó el control remoto que había usado para encender la radio en la cabeza, la música alegre seguía llenando el lugar.

—¿Y ahora qué? Te voy a disparar en las bolas. En ambas. Bang bang.

No fueron suficientes los borbotones de agua fría que le caían en la cara con fuerza centrífuga ni que tuviera mojado el saco. Tampoco bastó saber que lo apuntaban con un arma, no podía acallar su mente, que se revolvía en un maremoto de cosas y frases sin sentido: «pedal de auto», «llegar a esto» (oh, el dolor), «nevera» —una larga interferencia de imágenes de su madre—, «mi cama,» «mi almohada», «huevos fritos», «boss battle».

Se sentó en la silla y luego intentó levantarse sin éxito, pataleando en el paroxismo de una presa fácil.

El enano le estaba diciendo algo, pero no alcanzaba a escuchar qué.

En ese momento estaba casi seguro de que lo iban a ejecutar, de que el tiempo se le estaba precipitando, que su reloj de arena se terminaba. Parpadeó y se movió tan torpemente que se fue de espaldas con silla y todo, y no terminó de caer porque el escritorio se lo impidió.

—A veeer a veeeer esas bolas, pendejo…

El hombrecito en verdad iba a cumplir su palabra, haría lo que le había prometido.

Y fue con los ojos llenos de agua que observó una figura extraña y una idea lejana. Gaspar jamás había sido bueno tomando oportunidades, él era débil ante ellas por inseguro. Tomar oportunidades puede ser bueno y malo a la vez, y cuando resultaba malo (en su caso) no alcanzaba a ser solo malo, sino desastroso. Incluso (sobre todo) en el amor.

Pero ahí estaba… y si bien su mente no pensaba con claridad, sí tenía claro algo: ahí y ahora no tenía nada que perder.

Arqueó la espalda, se montó sobre el escritorio, estiró la pierna y le pegó una patada de mula a la columna bajo la que se apoyaba el radio. Tambaleó pesadamente a un lado y a otro.

El cable de electricidad ni siquiera tuvo que estirarse, dejó ir el pedestal. El aparato cayó horizontalmente. Las agujas bailaban con la música, las luces brillaban felizmente y la orquesta de Williams continuaba.

Y en su segundo final, el hombrecillo coronó la noche con una estupidez legendaria: se llevó ambas manos a cada lado de la cabeza, una todavía sosteniendo la pistola, y gritó:

—¡La radio! ¡Cuidado que se me parte!

Tan pronto entró al agua, levantó un círculo cristalino que reflejaba, pulsante, el matiz dorado de su superficie.

El enano empezó a tambalearse como un muñeco poseído, la boca se le convirtió en una grieta temblorosa y espeluznante, exhalando un grito orgásmico.

Gaspar se apretaba la cara con las manos en posición fetal, mientras chillaba. Invocó a Dios un par de veces.

La electricidad finalmente se venció, al mismo tiempo que el agua dejó de caer de la pecera.

Tardó mucho en abrir los ojos, pero cuando lo hizo, en medio de un gélido silencio, miró el cuerpito del enano, que reposaba inerte, boca abajo, con la cabeza calva semihundida en el agua.

Si acaso algún día aquellos recuerdos llegaban a opacarse con el pasar de los años y la entrada a la vejez, o si por el contrario, algún día se atrevía a sentirse orgulloso de aquella hazaña, Gaspar estaba seguro de algo: una cosa y la otra se verían ineludiblemente afectadas por otro recuerdo más poderoso, uno que sabría que lo acecharía por el resto de su vida… el olor a carne quemada.

16

Tardó mucho más tiempo del que sus riñones habrían deseado para decidirse a bajar de la mesa. Pensaba que, aun mucho después de haber reventado el tomacorriente, la electricidad podía seguir transmitiendo, esperando que entrara en contacto con el agua para tomarlo.

Accesos de adrenalina, entrelazados con su propia templanza, y quizá matizados con lo difusa que estaba su mente en aquel, el día más extraño de su vida, lo habían mantenido a salvo de vomitar, cosa que también debía verse ayudada con aquello de evitar mirar el cadáver del enano. Poca agua extra hubiese hecho falta para poner a flotar su cuerpito, y, como su suerte se había ido de vacaciones o le estaban dando por donde te conté en algún callejón sin salida del limbo, probablemente el destino lo hubiese mandado a flotar bastante cerca suyo, para su distracción mental y placer olfativo.

A pocos metros detrás de la silla encontró una puerta y tras ella un baño. La luz parpadeó varias veces antes de encenderse. Gaspar se apoyó en el lavamanos (que estaba considerablemente cerca del suelo) y observó su cara por el espejo. Se hallaba pálido. Tenía una marca amoratada sobre la frente.

Encontró un paño colgando de un gancho. Debía ser lo que el pequeño desgraciado utilizaba para secarse después al salir de la ducha, pero a él le serviría para amarrárselo alrededor del pie y tapar la herida que todavía sangraba. No sentía dolor, y no necesitaba ser doctor para suponer que eso significaba algo malo. Por otro lado, reflexionó que su estadía en el subsuelo ya había empezado a dejarle cicatrices.

Salió por el pasillo (no sin antes verse forzado a recuperar el arma del enano, apretando el brazo sobre su propia nariz).

Como su pie se estaba hinchando a cada paso, procuraba no dejar caer su peso mientras caminaba, lo que, además de todo, lo obligaba a renguear.

No hizo falta pensárselo mucho: cuando llegó a la vía de intersección que llevaba hasta el corredor de la oficina y el camino del otro lado, realizó con fría cabalidad lo que ya sabía: el enano lo había llevado a una trampa. Entonces, lógicamente, del otro lado estaba la salida del estudio.

Empujó las puertas dobles, caminó un tanto más y cruzó un largo umbral hasta que la oscuridad se lo tragó.

17

Cuando el capitán Yorgo Leguizamo llegó a la (cruzaba los dedos, el alma y lo que fuese que hubiese que cruzar para que aquello quedara en «supuesta») escena del crimen, estaba practicando su deporte preferido: maldecir.

Cosa nada rara en él, pero lo particular es que hoy estaba batiendo su propia marca.

Y semejante cosa le hubiese subido el ánimo inmensamente a un tal Augusto Gaspar, del modo que cabe esperar de dos hombres que, ya sabes, se estiman; porque Leguizamo estaba maldiciendo por él. Ojo: no a él, sino por él.

«¿Dónde está? ¿Qué han conseguido? ¿Quién fue la última persona que lo vio? ¡Encuéntrenlo ya, coño!».

Él era un viejo bulldog, en aspecto y en alma, pero su astucia pertenecía a la de otro animal de garras mucho más largas, y ese animal presentía algo malo.

—¿Y qué coño hace un autobús escolar en el medio de la vía? —gritó.

Tenía al departamento de policía patas arriba, pero patas arriba por una buena causa: encontrar a su hombre.

—¡Jefe!

Se dio media vuelta.

—Venga… ¡venga!

El joven uniformado trotó hasta la casa del final del barrio, aquella que tenía el aspecto más pútrido. Se hallaba cercada por patrullas.

Leguizamo subió los escalones de la orilla y tan pronto entró por la puerta escuchó el obturador de varias cámaras fotográficas. El viejo hombre no pudo reprimir el desagrado que le producían las muñecas que se hallaban sentadas a uno y otro lado de los largos, altos estantes de la sala.

—Acabamos de conseguir un cadáver.

El corazón le dio un vuelco.

—Es de un vagabundo, está abajo.

El músculo volvió a su lugar, no sin resentirlo dolorosamente. Se daba cuenta de que ya estaba demasiado viejo para ciertas cosas. No quería que la última noticia que le dieran del detective le produjera la imagen mental de su cuerpo tirado en un rincón profundo.

Entre dos quitaron un enorme tablón de madera para dejar en evidencia los cuatro metros de profundidad del pozo. El repulsivo vaho de agua estancada les atacó los nervios. Un cuerpo baleado reposaba boca abajo, al fondo.

—Esta es la casa.

—¿Señor?

—Esta, esta es la casa. La casa —reiteró—, aquí es donde mandé a Gaspar.

—Vinimos con fuego en el culo tan pronto Abdull nos envió. La puerta se hallaba abierta. Pero gracias al olor descubrimos que había un cuerpo. Un día más y habríamos conseguido una hermosa mezcla de agua podrida y carne descompuesta.

Leguizamo se apartó para que un par de hombres apresurados utilizaran la escalera para bajar al pozo. Si algo sabía el capitán, además de ser policía, era manipular. Y se había encargado lo suficientemente bien de poner en práctica esa habilidad horas antes, cuando infundió a todo el departamento que lo del oficial desaparecido tenían que tomárselo personal, aun si en el fondo era una argucia suya, pero una argucia que guardaba una causa que, estaba convencido, era justa.

—¿Y bien?

El policía tenía la boca torcida, le daba asco lo que estaba viendo y, sin dudas, uno podría apostar que habría preferido lavarle el culo a un alce antes que volver a poner la mano sobre aquel cuello frío.

—Creo que fue baleado —dijo por fin, alumbrando torpemente con su linternita hacia arriba.

—Sáquenlo de ahí y llévenle a la morgue, quiero saber si…

—Epa.

Hubo silencio.

—¿Qué pasa?

—Aquí hay algo.

Se escuchó el ruido tirante que produjo una argolla cogida a algo que se hundía debajo del nivel del agua.

—Ayúdenme a abrir esto.

Otro oficial se dispuso a bajar las escaleras.

El tenso silencio que se produjo, con un anillo de policías mirando alrededor del hueco, se hizo aún más gélido.

Entre dos tiraron del aro de hierro.

Ambos compartieron una mirada extraña al sentir, inequívocamente, que esta se encontraba amarrada a algo largo y pesado, que por momentos consiguieron arrastrar.

Entonces, cuando vieron que no iban a llegar a nada, se decidieron a tirar hacia arriba.

Ni bien lo hicieron, del agua emergió un brazo inmundo y chorreante.

—¡Coño!

Los dos tuvieron la misma reacción: soltaron la argolla junto con la cuerda que la ataba. La mano los salpicó de barro.

—¿Qué pasa?

—Hay otro cuerpo aquí —alcanzó a decir el oficial, con voz grumosa—; es otro vagabundo, y está lleno de excremento y mierda.

Ahogaron una maldición.

—¿Estás seguro de que es otro vagabundo?

La respuesta tardó un larguísimo medio minuto en llegar.

—Afirmativo —confirmó, mientras se escuchaba el desagradable chapoteo que se produjo cuando dieron vuelta el cuerpo—. Y por la apariencia se nota que estuvo en una pelea antes de que lo mataran.

—¿Baleado?

—Afirmativo, Dios, maldito olor de mierda.

Antes de que la espesa agua negra volviera a su sitio, los oficiales no alcanzaron a ver una puerta o una entrada que condujera a unas escaleras. Y eso era porque no había absolutamente nada: solo pavimento.

—Eso es todo, capitán.

—Saquen esos cuerpos de ahí.

18

Gaspar se hallaba en un área baldía. Todo estaba muy oscuro e imperaba el silencio. Pronto sintió que estaba pisando algo sólido. Con sorpresa, se halló sobre la vieja vía abandonada de un tren subterráneo.

Eso podía ser una buena señal, quizá se estaba aproximando al subte de la ciudad. Pero también podía ser malo, y cayó en la cuenta tan pronto vio las horrendas figuras opacas que crecían conforme se acercaba: aquello era un cementerio, se habían depositado —y con toda seguridad olvidado— docenas de vagones de trenes que debían datar de los años setenta, por lo tanto, consideró que también era probable se estuviera alejando más de la civilización.

Enormes arcos rascaban el techo en consonancia con las lúgubres sombras y el amplio fondo.

Se preguntó si habían construido esa edificación para la ciudad durante algún tiempo remoto o si aquello había sido obra de las gentes de abajo.

De lo que él mismo no se daba cuenta era que escucharse arrastrando el pie, en silencio, y perdido pero sin dejar de detenerse, le producía lástima, y como la lástima era dirigida nada menos que para sí mismo, estaba desembocando en depresión; una mucho más profunda que la de esa mañana.

—Es un placer ver que está bien. Soy sincero si le digo que le tuve fe… pero la verdad no estaba seguro de si iba a sobrevivir.

Gaspar levantó la cabeza. Alguien estaba recostado arriba,

sobre un vagón, con los brazos tras la cabeza, como si mirara a la luna.

—Se ha sobrepuesto en un terreno donde lleva todas las de perder. Eso se lo admiro, y mucho.

Era el Trepanador.

Se sorprendió con horror de estar alegre de volverlo a ver. Le había invadido un golpe de emoción tan pronto reconoció su voz.

—Aunque, huelga decir, que está usted armado. Eso ayuda, pero no por mucho, no si se mete con la gente realmente equivocada.

—¿Cómo sabe que no quieren dejarme vivir?

—Porque lo he escuchado… su presencia se ha regado como agua. Usted es un inconveniente minúsculo en estos lares, desde luego, aquí se barajan cosas que todavía ni se imagina… pero hasta el más grande se toma la molestia de dejar a un lado lo que está haciendo para matar a una mosca.

—Pero ¿por qué has dicho que me he sobrepuesto a los problemas? ¿Me has estado siguiendo?

—Solo he escuchado lo que dicen las paredes, pero desconozco los detalles. ¿Se anima a contarme?

Sintió ganas de estrangularlo.

—Míralo por ti mismo.

El Trepanador giró la cabeza y lo observó. Para Gaspar, él no era sino una silueta oscura.

—¿Tiene el pie vendado?

—Sí.

—Lo lamento mucho. ¿Por qué?

—Porque me cortó un enano. Tal vez lo conozcas.

—¿Un enano?

—Uno que hablaba por una estación de radio.

Gaspar notó sorpresa y emoción en la voz del hombre.

—¿Te refieres a Osman?

—Uno horrible, cabezón.

El Trepanador se sentó como indio y miró a lo lejos.

—Cierto, uno de los cinco caminos por donde viniste lleva a la estación. ¿Pasaste por el Congreso?

—Si así es como le llaman, sí. Me llevó hasta el que tú llamas Osman.

—El Congreso tiene muchas rutas que llevan a sitios diferentes, fue solo cuestión de suerte que hayas ido a parar ahí. Fuiste afortunado, ¡muy afortunado! No habrías querido visitar el cementerio. Hay vampiros ahí.

Gaspar se hallaba demasiado cansado.

Demasiado.

Ya no quería saber más de nada ni de nadie. Quería que lo dejaran en paz. Pero se propuso no llorar.

—¿Quién es Osman? —preguntó lentamente, mirando a sus zapatos.

—Él es La Voz del Otro Lado. Si te has preguntado cómo se llama este sitio, todo este lugar (por si quieres saberlo), es El Otro Lado. Y Osman es el locutor más famoso.

—Era.

—¿Cómo dices?

—Era. Lo maté.

Hubo un largo silencio.

—¿Te das cuenta de que van a venir por ti a como dé lugar, verdad?

Gaspar no se sintió tan afectado como pensó del eventual anuncio de su sentencia de muerte. De algún modo, lo esperaba.

—Yo lo único que quería era secuestrarlo temporalmente y que me guiara.

—Valiente estupidez, detective.

—Van a tardar en llegar, nadie sabe que está muerto, pero supongo que... —Guardó silencio— lo averiguarán.

—Así es. Además, le he cortado el programa.

—Sí, eventualmente van a mandar por él.

—Y después se van a dar cuenta de que hay alguien raro detrás de todo esto, ¿no?

—Sabrán que fue usted, pues se ha dejado ver lo suficiente. Créame, la muerte de Osman será una noticia bizarra, incluso aquí.

—Y entonces van a mandar a matarme.

—No piense que lo harán como una regla, como si fuera un asunto personal. Si así lo cree, entonces todavía no entiende este lugar. La ciudad no mandará a matarlo, detective, los fanáticos del enano lo harán personalmente.

—¿Y hay algo que el Trepanador pueda hacer para evitarlo?

Una vez más, hubo silencio.

Gaspar sentía un hormigueo comiéndole la valía y el último rasgo de esperanza que todos tenemos en el fondo. Sentía, más que nunca, ese latido negativo y pesimista al que ya se había acostumbrado a que el mundo le diera siempre la razón. Sabía de antemano que la respuesta iba a ser negativa, y la verdad, no tenía claro de por qué había hecho entonces la pregunta. Quizá como un último intento de subsistencia.

No se dio cuenta de que con ello había conseguido algo casi imposible: lastimar el orgullo del asesino.

—No, Gaspar. Contra ellos no puedo hacer nada. Lo siento.

Su voz sonaba sincera.

—Lo imaginaba. Rengueando, se sentó en el borde del portón abierto del vagón.

—Hay algo que todavía puedo hacer.

—¿Qué es, detective?

—Un premio consuelo.

—¿Sí?

—Matarte.

El Trepanador se tomó su tiempo para meditar esas palabras.

—¿Está seguro de que eso es lo que desea hacer?

—Definitivamente.

Hubo tanta convicción en su respuesta que el asesino no pudo evitar reír.

—No parece propio de ti haber olvidado que me devolviste la pistola.

—No, no lo olvidé. Incluso estuve siguiendo tus pasos. Sé que te metiste en el Puticlub y me dijeron que al poco rato saliste con una cara muy graciosa. Fue difícil rastrearte en el bazar. La gente no me quiere por ahí…

—La gente no te quiere arriba tampoco.

—*C'est la vie, mon ami.* Cuando escogiste el camino de la derecha en la bifurcación, fue mucho más fácil saber para donde ibas, y me adelanté. Dame crédito: llevo horas esperándote.

—Ah, gracias…

—¿Hm?

—Sí, porque me hiciste acordar de que quería hacerte una pregunta… una que se me ocurrió mientras estuve como dos horas sobre el escritorio del enano. Tuve mucho tiempo para pensar, ahí…

—Dime.

—¿Por qué me hiciste esto?

Después de un pequeño rato de silencio, sintió que el Trepanador se frotaba el rostro.

—Cuando te dejé inconsciente atrás, en la casa, tenía dos opciones: una era matarte. No porque te hubieras acercado demasiado a mí, las cosas no funcionan así conmigo, yo tengo un criterio para matar, y eso no fue motivo suficiente, pero sí lo era el hecho de que te hubieras acercado demasiado a una entrada. La pista que seguías era, en efecto, real. Y la regla es que nadie debe enterarse de la existencia de El Otro Lado. Nadie, únicamente *l'élite.*

El Trepanador guardó varios segundos de silencio, antes de proseguir:

—La otra era hacer lo que hice, y aquí estás. Siento si en verdad suena mucho más simple de lo que debiera ser, o si no cumple las expectativas de una película de terror con un guion malo, pero no hubo ninguna conspiración de antemano para llevarte abajo, tomé la decisión mientras estabas inconsciente.

—Entonces no sé si sentirme agradecido contigo, extrañado más bien, o quizá odiarte. ¿Por qué lo decidiste así?

—Porque me caíste bien. Porque cuando revisé tu billetera y vi las fotos que llevas, las de la mujer, las tuyas y las otras, vi muchas cosas de ti. Supe muchas cosas de ti. Imaginé detalles de tu vida. Y no sé describir bien cómo ni por qué, pero quise mostrarte lo que hay abajo. Si me obligaras a pensarlo, si me pidieras ponerlo en palabras, diría que es porque me diste lástima. Me diste lástima porque pensé que vivías una vida vacía, una vida que no es de verdad, ¿sabes? *Vivir* en serio, no desperdiciarlo pasando demasiado tiempo detrás de una computadora o rumiando entre cenizas, que creo que es lo que haces. Tenía la esperanza de que vieras cosas que te hubiesen hecho sentir estúpido por creer que alguna vez tú llegaste a tener problemas de verdad. —El Trepanador se volvió a recostar, con los brazos tras la cabeza, mirando hacia la oscuridad—. O que tu vida era miserable. ¿Viste el hospital de órganos?

—«Para reservaciones, favor comunicarse con el doctor Ariel».

—Exactamente. —Hubo una corta pausa—. Creo que tienes talento para la vida y pensé que te estaba haciendo un regalo llevándote acá abajo. Lo siento mucho, Gaspar.

—¿Enseñarme a no tropezar por ridiculeces, no ahogarse en un vaso de agua por problemas?

—No solo eso.

—¿No?

—Aquí abajo también hay cosas buenas. Estaría años convenciéndote de que yo también tengo una percepción igual a la tuya de lo que puede ser bueno, y que para mí bueno no es necesariamente lo que para ti es malo. ¿Sabías que hay gente que se dedica a perseguir a tipos como el Dr. Ariel? ¿O que hay gremios que cazan a los asesinos como yo? ¿Qué ha visto usted realmente de este sitio, Gaspar, si solo ha estado y solo ha recorrido una parte de lo que podría considerarse la zona rural del Otro Lado? No ha visto la ciudad todavía. Aquí hay demasiadas cosas que ver, hay obras de teatro llevadas a cabo por verdaderos artistas, y descendientes del Renacimiento. Aquí abajo se conserva una versión moderna de muchas eras, hay cosas que concordaría con el mundo ideal según el tipo de persona que lo mire. No está mal visto lo que la sociedad por defecto suele prohibir arriba. En El Otro Lado todos son genios que están dispuestos a aceptarlo y que no dejarían este lugar por nada… un montón de agnósticos felices.

—¿Y por qué, si hay grupos que dan caza a la gente así, no divulgan a las autoridades de arriba lo que sucede aquí abajo?

—Ah, es que eso es parte de la magia, detective: aquí viven bajo sus propias leyes. ¿Le parece mal? ¿Y qué tal si le dijeran que cuando cacen a Ariel no habrá juicio, proceso o despedida? ¿Qué pasa si le digo que todo el dinero del mundo no lo va a hacer escapar, y que si lo atrapan, va a pagar con creces lo que hizo? ¿Qué dirías si te confirmo que no hay peligro de que al hombre, por la edad, le den casa por cárcel y lo manden a una finca de cuarenta hectáreas? ¿Que de nada le valdrá fingir senilidad a la mitad de un juicio de cinco años? ¿Qué dirías si te aseguro que si me atrapan a mí no podré fingir demencia? Todo cambia, ¿no? Él será ajusticiado. Yo seré ajusticiado. Aquí hay cosas que desearías hacer arriba pero jamás podrías, siempre y cuando estés dispuesto a vivir como vivían los griegos en su época de oro, pero en plena modernidad. Es un mundo maravilloso, detective, lo suficiente como para que tu único problema filosófico en la vida sea que lo hayas descubierto a la mediana edad, y no antes, mucho más joven. Pero quizá me haya equivocado en pensar que estabas dispuesto a aceptar un lugar que parece haber tomado su propio desvío en el tiempo y haber evolucionado en un tramo paralelo, uno en el que la influencia católica jamás tocó al mundo.

Gaspar se tomó un tiempo para digerir toda la información, aun siendo demasiado densa para su estado emocional y los límites de su cordura (tal cual la conocía hasta hoy día).

—Quién sabe… tal vez debí haber empezado en otro sitio que no fuera la zona mala, la zona roja de abajo.

—La peor de todas. Pensé que si la veías, olvidarías tu autocompasión y erradicarías tu doloroso hipersentimentalismo. Que tal vez revolucionaría tu percepción de la realidad y empezaría una existencia mucho más rica. Que bajo mi tutela silenciosa, no correrías peligro. Y en cambio, he acabado metiéndote en un problema. Lo siento muchísimo, no tienes idea de cuánto, Gaspar.

—*C'est la vie*. Incluso ahora me siento tentado a enojarme por pensar que ni siquiera esto pudo salir bien en mi vida.

—Perdóname, en verdad lo siento muchísimo.

Gaspar se golpeó una rodilla y miró a su alrededor, con una semisonrisa cansada.

—¿Sabes que estuve cuarenta años de mi vida viviendo como si nada y que ni en el pensamiento más bizarro hubiese podido imaginar, por el jodido amor de Cristo, que algo como esto existía? ¡Pero joder! Vamos a ver: ¿a quién se le hubiera ocurrido? No me hubiera extrañado tanto si fuera un volcán oculto, un gusano gigante o una nave espacial con seres esperando para jodernos, como en *La guerra de los mundos*, ¿pero esto? Me pregunto qué habrá debajo de mi casa o debajo de la jefatura de policía… seguro que un gremio criminal. A Dios a veces le gustan esos chistes irónicos, ¿te imaginas, no? Con sus trajes largos y medievales, y sus capuchas sombrías, porque seguro que aquí también tiran la casa por la ventana en cuanto a darse un estilazo, como en las películas, o tal vez mejor que en las películas, porque es real. A quién se le hubiera ocurrido, a quién: un mundo abajo. Mi papá decía que este país tiene sorpresas.

—De hecho… hay otras dos ciudades así. Una está debajo de París y la otra debajo de Moscú. Son tres en el mundo. Puedes tentarte erróneamente de pensar que eso es mucho, pero resulta más bien poco, reducidísimo, a decir verdad. Poquísimos en el mundo tienen el privilegio de ver esto. Me han dicho que todas, en su derecho, son impresionantes, y que esconden baluartes de cultura incalculables para las gentes de arriba. Intentaron empezar la más nueva hace cincuenta años, bajo Nueva York, querían que fuera pequeña, pero lo cancelaron por ser inverosímil y aburrido. El Otro Lado bajo París es impresionante, se quedaría sin palabras, pero con todo derecho he de decirle que esta no tiene nada que envidiarle.

—¿Cuántos años tiene este lugar?

—De eso tendría que hablar con uno de los directores. Pero calculo que empezó alrededor del 1630, casi cien años después de fundada la capital del país. Ya ve, cuando le dije que aquí hay herederos del Renacimiento, no bromeaba. —Gaspar miró hacia los arcos, arriba, entrecerrando los ojos—. Es increíble cómo se ha mantenido el secreto, ¿verdad? Nadie quiere que se sepa. Ni los malos ni los buenos. Y como te podrás imaginar, hay gente muy acaudalada de este lado del hemisferio que viene cada vez que puede. Desde personas muy influyentes en la política del norte hasta altísimos masones, pasando por cultos de esos que tanto hablan en los libros de Dan Brown, como los que salían en aquella película de Kubrick, con la diferencia de que estos son de verdad, por supuesto…

—Bueno.

—Oh, y mi nombre es Salvador, Salvador Iscatierra, aunque mi apellido lo abandoné hace mucho por razones que no me gusta contar.

—Un gusto, Salvador.

—El gusto es mío.

—¿Y qué haces tú? ¿Qué pintas tú como ciudadano de este lugar?

—Soy lo que se considera una alimaña, una oveja negra, una escoria. No es por ofenderte, pero estoy en mucho más peligro aquí abajo que arriba con ustedes, la poli.

—¿Te consideran la escoria? Me sorprende, eres una persona muy inteligente, ha sido imposible atraparte.

—Soy considerado escoria, pero al mismo tiempo un ciudadano cualquiera de esta ciudad. Uno más del montón. No me apena admitirlo.

—Oh, por cierto… quería preguntarte otra cosa.

—¿Sí?

—Es una tontería.

Por cómo le contestó Salvador a continuación, Gaspar tenía la certeza de que había sonreído.

—No te hagas problemas, hazla.

—Bueno, me acabas de echar una historia impresionante, que antes de hoy, no se la hubiera creído ni a mi madre, ni tampoco a Cristo bajando de las nubes. Así que con esta introducción solo trato de recordarte un poquito a ti, que eres veterano, lo sorprendente que es para mí, que soy nuevo, todo esto. Por otro lado, moriré siendo novato. Así que trato de ponerme a salvo.

—A ver.

—Al principio, me mencionaste que en el coliseo… no, en el Congreso, ¿Congreso se llama, verdad?, pude haber tomado varios caminos.

—Sí.

—Y que me pude haber encontrado con unos vampiros. Esos vampiros… ¿son de verdad, aquí abajo?

El Trepanador se echó a reír a carcajadas.

—No, Gaspar… no son como los de los libros, y tampoco se quedarían de pie si les dieras un tiro en la cabeza. Estate tranquilo.

—Bueno, que para mí es un alivio saberlo, joder… esa hubiera sido la cereza sobre el pastel. —El hombre reía tanto que tuvo que frotarse las costillas—. Ahora mismo hubiera estado tan aliviado de irme por la estación que tal vez no hubiera podido contener los esfínteres.

—No estoy tan seguro.

—¿Te parece que el enano era peor?

—De niño leí todo el repertorio de Anne Rice. Y si con algo como eso te hubieras encontrado del otro lado del camino, estoy seguro de que aun así te las hubiera ingeniado para sobrevivir.

—Muchas gracias.

—Ahórratelas para cuando te saque de aquí con vida.

Gaspar miró hacia arriba.

—Pensé que no había nada que pudieras hacer.

—Dije «no puedo hacer nada contra ellos», no nada para ayudarte. Vas a tener a esos tipos detrás cuando se enteren de lo de Osman, pero de que puedo ayudarte a salir, puedo. Y si salimos, ellos no van ir a la superficie a buscarte, nunca salen. Pero Dios te libre si vuelves.

—Pensé que no podías ayudarme en lo absoluto. Vaya que eres cuadrado con las palabras.

—Sí, me lo han criticado… y si te soy sincero también me pregunto si dentro de poco harás la babosada de pensar si todos los asesinos en serie somos así. Vámonos ya.

Saltó del vagón. Gaspar se quedó atónito. Parecía un gato. Pensó que aun si no tuviera el pie lastimado, le hubiese sido imposible alcanzarlo.

—¿Por dónde saldremos?

—Estaría demasiado tiempo explicándotelo, lo vas a ver por ti mismo. Lo haremos por la Primera Entrada de la ciudad.

—¿La Primera Entrada?

—Así se llama. Es un edificio que es más alto hacia abajo que hacia arriba. Y su nombre se debe, obviamente, a lo que ya te estás imaginando: fue la primera entrada construida hacia El Otro Lado. Está debajo de un hotel.

—Un minuto. ¿No nos va a ver todo el mundo? Es muy peligroso.

—¿Peligroso? Sí. Pero es la única vía disponible. Lo que encontraste atrás, en la casa abandonada, fue algo que nunca debió ser. Dame tu gabardina.

Gaspar no tuvo mucho tiempo para reflexionar detalladamente lo que sucedía, de pronto la situación empezó a tomar vértigo y no le quedaba tiempo para sopesar que su vida podía ser salvada por ese hombre.

—Cualquier seña que tengan sobre ti, cualquier detalle, en la medida de lo posible, debe ser anulada —repuso, arrojando la prenda dentro del vagón—. Quédate con tu traje y tu corbata, tal cual estás, te ves como un habitante típico de El Otro Lado.

—¿Por qué haces esto?

—Por favor, ahórrate las preguntas de novela para esta noche, cuando pongas la cabeza sobre la almohada de tu cama. No me fastidies con tonterías, lo hago porque lo hago, y punto —afirmó, observando tras de sí los caminos inconclusos entre la multitud de chatarrería abandonada—. Lo único que espero es que la alegría de haber salido de aquí atropelle en buena parte el malestar que te producirá enterarte de que me he desecho de tu auto. Pero estoy seguro de que puedes comprarte uno nuevo. Uno más acorde a tu nueva vida. Vamos.

19

Al salir de los arcos del cementerio de chatarra, llegaron a un masivo sistema de alcantarillado. Gaspar se enteró de que no eran las cloacas de la ciudad de arriba, sino de la de abajo. Y que lo más peligroso que podría pasarle a uno ahí no era ahogarse en desechos humanos, sino electrocutarse.

Era un lago inmenso, oscuro, sellado por cúpulas de ladrillo. Y aquí y allá, cayendo en forma de chorros, se precipitaban chispazos eléctricos contra el agua, a la vez que la fuerza de resonancia de los trenes subterráneos de la ciudad en la superficie hacía vibrar la edificación constantemente.

—Algunos cables de tensión se rompen y vienen a parar acá —repuso el Trepanador, tratando de hacerse escuchar por encima de la vibración y el quejido de los muros—; el subte se escucha con la suficiente fuerza como para hacer creer que está cerca, pero a decir verdad, se halla a casi un kilómetro. Lo que escuchas ahora no es más que un eco fantasma que viaja de metal en metal, de trenes que pasaron hace casi un minuto.

Gaspar observaba las largas columnas hundirse en el lago. Por allá, iluminadas por faros antiguos que salían del agua, había centenares de túneles y viejos y honrados carteles de madera de caligrafía elegante que se daban a la tarea de señalizar los caminos de El Otro Lado.

Gaspar miró hacia la pequeña bahía que se abría frente a ellos. Había un muelle y un hombre de toga sentado en un largo bote que parecía una banana hueca.

—Ahí está nuestro transporte.

—Dios mío.

Salvador se detuvo prudentemente a medio camino, juzgando con precisión los límites del rango de audibilidad del anciano poco venerable que, acariciando un inmenso remo, los observaba.

—Gaspar, no te pongas nervioso, y no digas nada. Nuestra salida no va a ser tortuosa ni larga, sino todo lo contrario. Y todo depende de que no llames la atención de nadie. Dime: ¿cuántas balas tiene tu arma?

Temió que el Trepanador se la fuera a pedir. Pero para su fortuna, no lo hizo, cosa que tomó como una señal de confianza hacia él.

—Quedan ocho. Tengo un cargador de doce.

—No dudes en usarla si se hace realmente necesario. Pero quiero que la ocultes bien, que no te la vea.

Metió la pistola entre la camisa y el pantalón y se abrochó los botones del saco.

—La gente que utiliza armas aquí son mercenarios, y llaman la atención. Son el tipo de chismes que corren rápido. ¿Te acuerdas del código de normas del que te hablé? Aquí nadie roba a nadie y el que lo hace, preferirá quitarse la vida antes de que lo atrapen. La gente generalmente no necesita un arma.

Gaspar asintió. Algún día un terrible vértigo penetraría su estómago, un asesino estaba siendo su mentor, y así debía ser.

Y reviviendo los tiempos sombríos de una infancia tímida, siguió fielmente los pasos de su anfitrión y se sentó en silencio, mientras el otro hacía todo el trámite. El bote no tardó en moverse. Lo más extravagante fue la mesita con paños perfumados y una lámpara de madera a pilas colocada sobre ella para ponérselos sobre la nariz en caso de que el olor se hiciera demasiado pestilente. A juzgar por el rostro cancerígeno del piloto, quizá hacía décadas que se había acostumbrado al hedor.

Lo que marchitó su calma, sin embargo, fue ver que en la

penumbra había otros balseros, pocos, pero ahí estaban, navegando en la circunferencia del lago. Uno de ellos tenía una pequeña radio que no hacía otra cosa que escupir interferencia, y no parecía muy contento ante el hecho de que su emisora no estuviera transmitiendo nada desde hacía varias horas. El hombre conversaba con su pasajero al respecto. Gaspar y Salvador intercambiaron una mirada.

Cuando el bote entró en un túnel, Gaspar recordó vericuetos de su infancia, sentado en uno de esos carritos que van sobre el riel en Disney World, durante la atracción «It's a small world». Eso era algo que nunca había comentado porque era la única persona en el departamento que había tenido unos padres que pudieron darle ese lujo.

Pero lo interesante comenzó cuando salieron al otro lado.

Levantó la cabeza para mirar los predios de la ciudad.

Observó torres, como las del ajedrez, unas al lado de otras, encalladas en el agua, por la cual se levantaba un puente que conducía a sitios entrelazados de concreto que parecían edificaciones marroquíes de antaño, y desde donde salía una música muy dulce. Ahí había gente, gente vestida con ropas de todas las épocas, parecía como si el balance del tiempo se hubiera vuelto loco y los reuniese a todos en un mismo sitio. Algunas vestían trajes como el que él llevaba, pero la mayoría llevaba una variedad de todo. Y podía escuchar a los escupe fuegos, a los malabaristas, a los artistas de abajo. Le impresionó ver una floristería enorme, que debía ser una versión en miniatura de los jardines colgantes, con lianas verdes y flores que salían de la ventana y empañaban sus vidrios. Observó un inmenso teatro, una «casa de magia» y una tienda de antigüedades, en cuya vitrina se veía uno de los trajes de Houdini y una de sus cajas de trucos.

Poco a poco empezó a entender, entonces, de qué se trataba el mundo de abajo. No iba a encontrar una metrópolis gigante, aun cuando el sitio era extenso. Aquello era un juego, un juego de gente con poder, un juego de muy alto presupuesto, que se alimentaba de la fantasía de todos.

El bote los dejó frente a un diminuto puerto. El hedor había desaparecido por completo, se hacía aparente que las aguas estaban saneadas en este punto. La superficie ondulante estaba llena de pétalos de rosas que caían desde arriba.

Después del puerto, había carrozas, todas y cada una de ellas parte del servicio público de la ciudad. Pero el Trepanador optó por ir a pie. Y tenía sus razones para ello.

—En otras circunstancias, me hubiera encantado mostrártelo todo. Pero no es posible, cometí un error grave.

Luego de las calles adoquinadas se encontraba un parque rodeado de árboles enormes que hacían el sitio más oscuro de lo que ya era, pero cuyos senderos se iluminaban por una larga cadena de esferas de tela con luz dentro, amarradas delicadamente unas de otras y que, visto así, daban un aspecto bastante especial al camino. Cruzando el parque, en el suelo de concreto había poemas tallados con letras tan perfectas como las que uno esperaría de una máquina. Su cerebro procesaba esas cosas lo más rápidamente que podía. Era una oportunidad única; el debut y despedida del acontecimiento más grande que tendría en su vida.

El chofer les abrió la puerta de un auto antiguo, elegante, y Salvador le hizo una seña a Gaspar para que se introdujera dentro, mientras le explicaba al conductor donde los debía dejar.

Afortunadamente, durante el camino, la cabina del piloto quedaba aislada de la parte trasera del vehículo, salvo por una puertecita cerrada del lado superior izquierdo.

—Estamos muy cerca. ¿Qué harás cuando llegues a la superficie?

—No sé lo que haré.

Hubo una pausa.

—¿Comprendes que yo no asesiné a sangre fría a esas cuatro mujeres? —El detective levantó la vista para mirarlo—. Tuve el consentimiento de ellas, Gaspar. Desde el principio hasta el final. No me importa lo que pienses al respecto.

—Está bien.

—¿Seguro?

—Está bien —repitió.

Pero Salvador quería llegar más lejos.

—¿Lo entiendes?

Cuando el tiempo de respuesta se empezaba a hacer demasiado largo, contestó.

—Ahora mismo no estoy en posición de decir qué es correcto y qué no, comprenderás. No me encuentro bien. No me encuentro bien por dentro. Me va a tomar un tiempo… pero descansa tranquilo: yo no te pienso delatar.

—Gracias.

Gaspar asintió con la cabeza.

—Detective…

Miró a Salvador con el rostro como piedra.

—Si alguna vez necesitas algo, házmelo saber. —Metió una mano en un bolsillo de su abrigo y le entregó una tarjeta—. Cómo me gustaría decirte que es mi empresa, pero no, es de papito. Y papito, por fortuna, es rico. Y me quiere. Si necesitas algo, dime.

—¿Tu padre participa aquí abajo? ¿Sabes algo de esto?

—No. Este lugar lo volvería loco —dijo mientras miraba por la ventana—, pero amigos suyos sí lo conocen. Uno de ellos fue el que me trajo aquí por primera vez. ¿Sabes? Deberías renunciar.

—¿Te parece?

—Sí. No creo que ese empleo te haga feliz. Y tienes potencial para mucho más. ¿Por qué no te vas al sur del país? Si quieres empezar de nuevo, yo te ayudo.

—Gracias.

—No agradezcas, por favor. Aún no.

—¿Qué crees que deba hacer con mi vida, Salvador?

—Creo que tienes que buscar algo que te haga feliz. Suena más fácil decirlo que hacerlo, pero tengo autoridad para decírtelo porque, de hecho, yo lo hice, aun siendo hijo de un papá rico —afirmó, con una sonrisa afectada—; de hecho, eso no lo hizo más fácil. Pero yo tomé mi camino, y yo vivo bajo mi ley, y tengo mis códigos y he escogido lo que he escogido. Pero lo hice sabiendo, no ignorando. Lo hice conociendo todas las alternativas posibles, no porque no tuve remedio o porque ignoré. Estoy seguro de que hoy tu percepción del mundo ha crecido mucho. Ayer no hubieras podido tomar esta decisión, o no la hubieras querido tomar. Mañana sí.

—Es una frase genérica, pero creo que la vida es demasiado corta como para desperdiciarla, como para dejar de cometer errores, ¿sabes? Errores capitales. A veces quisiera regresar en el tiempo para enamorarme más, para sabrá Dios hacer cuántas cosas más. No puedo evitar detenerme todos los días y pensar que estoy perdiendo tiempo. Que no viví todo lo que pude haber vivido.

—Pero sería una tragedia si dijeras eso a los setenta años. ¿No? Reflexiona todo lo que te dé la gana, pero después haz algo; porque estás a tiempo, estás muy, muy a tiempo.

—Gracias.

—Por favor, no me agradezcas, no aún, hazlo después.

—Bien.

—Lo vengo sintiendo desde joven, ¿sabes?

—¿Eso de que no has vivido lo suficiente?

—Sí. Pero es justo ahora, durante la mediana edad de mi vida, que he reflexionado que algún día voy a tener una crisis por ello. Y será triste que dicha crisis se marche porque el tiempo de depresión pasó, no porque lo resolví.

—Así sucede, en efecto. A mí, en lo personal, me costó darme cuenta de que ya era un adulto cuando pisé los treinta años. Los treinta años es el momento de la vida en que, según los doctores, se empieza a envejecer. Eso causó una impresión bastante grave en mi psique, por decirlo de algún modo. Porque es cuando entiendes que es cierto eso de que uno no es inmortal. Que uno no es joven para siempre, y cuando maduras lo suficiente como para perder el privilegio de ser llamado joven o muchacho, y te llaman señor, te das cuenta de que no lo puedes recuperar, entiendes, con todos y cada uno de los cabales de la cabeza, que tu vida, en efecto, va a tener un fin, algún día.

—¿A ti te sucede a menudo?

—La verdad no. Yo me he dado una tremenda vida, Gaspar. Si me muero, me voy en paz con la vida. Y me jacto de ser una de las poquísimas personas en el mundo que te puede decir eso en serio.

—Me alegra que así sea. Ojalá yo pueda llegar a esa etapa pronto. No quiero morir.

—Por supuesto que no.

—No estoy listo para irme.

—Y supongo que ahora sabes que el secreto está en no estancarte, ¿no? Buscar algo nuevo. *C'est la vie*.

—*C'est la vie*, sí.

Los dos sonrieron mutuamente.

—Mira…—Gaspar giró la cabeza a su derecha y observó por la ventanilla—. Estamos llegando.

20

Habían tenido que subir una escalinata para luego encontrarse con un magnífico portón plateado coronado con un arco que sostenía un cartel luminoso que decía «ADIÓS» por un lado y «BIENVENIDO» por el otro.

Prosiguieron a través de un camino a oscuras, enmarcado por carbones brillando al rojo vivo que trazaban una larga ruta que llevaba a una reja, donde se hallaba un ascensor iluminado por varios faros de luz.

La subida se hizo inusitadamente larga. Pero finalmente, se detuvo en un cubículo, con unas escaleras serpenteantes que se dirigían hacia arriba.

Y subieron, hasta el tramo final, desde donde por fin y con emoción Gaspar vio a través de un ventanal las estrellas.

—Por aquí, *mon ami*.

Pero ni bien se echó a andar, ni bien empezó a paladear el sabor de la libertad, una fría presencia salió de las sombras haciéndole sentir el siniestro tacto de un cañón de pistola en la nuca.

—No tan rápido, caballeros.

Pudo reconocerlo: el rostro del gordo con sonrisa insoportable que los miraba como si fueran su alimento. Vestía con túnicas. Sí, claro que lo había visto antes, abajo, en la verbena. «Sí, querida… era como ver a un gusano cagando un panqué». Sus suaves dedos gordos acariciaban su blanca e impecable barbilla. Había algo morboso y ondulante en ellos que lo hacían aún más insoportable.

El otro, quien tenía el arma, era un tipo enorme, con máscara de demonio.

—No tienes idea, idiota hijo de puta, de lo rápido que nos tuvimos que mover para cerrar tu pequeño agujero de ratas, tu pequeña entrada ilegal. Y para matar dos pájaros de un tiro, tomamos dos de los cadáveres que dejó tu amiguito por el camino y los colocamos ahí, para despistar. ¿Somos brillantes, no? Nos vimos en la penuria de tener que sacar a uno de ellos de una cloaca, cosa por la que les vamos a hacer pagar, también.

—Por poco lo jodes todo —dijo el grandote, con voz grave.

—¿Y sabes cuál es el castigo para eso?

Salvador observó al gitano, con la cara menos expresiva que pudo, pero tentado a morderse el labio inferior.

—Cara de Luna...

—¡El mismo, corazón! Pero no te pregunté mi nombre, te pregunté que si sabías cuál es el castigo para eso.

—La muerte —contestó cavernariamente el enmascarado.

—¡Eso! ¡Eso! Y tú, querido, lamento que no tengas nada que ver en esta partuza, pero como te podrás imaginar, no podemos dejarte ir. Además, este hijo de puta tarado dejó caer una foto, una fotito de una mujer dentro del hueco, que tuvimos que quemar. No podrían echarse un pedo sin dejar sus putas pruebas por todo el lugar. ¿Dónde se creen que están? Ni en sueños los podemos dejar ir.

—No —recalcó el compañero.

—Así que, la Ley de Herodes. ¡Cuánto lo lamento!

—Cara de Luna, esta decisión la has tomado tú, y esas no son las reglas. Tenemos que ir a una corte.

—¡Una corte! —gritó, enarcando sus finísimas cejas y pronunciando aún más (si tal cosa era posible) aquella grotesca sonrisa—. ¡Querido! Tú sabes mejor que yo que una corte no se va a tomar ni diez minutos en sentenciarte. Mira nada más a quién dejaste entrar, mira nada más la cagada que él puso abajo.

Mira nada más lo idiota, animal, cretino, estúpido, borrego y batracio que eres. Me estoy ahorrando un papeleo.

—Pero es contra las reglas.

—¡Y una mierda! —chilló—. Tú te mueres, te mueres porque me da la gana.

Gaspar aunó toda la voluntad que le quedaba. Levantó un brazo y señaló a Salvador.

—¡No me maten a mí! ¡Él tiene un arma! —aulló.

El grandote se puso tieso. Quitó el cañón del revólver de su cabeza y apuntó al Trepanador.

Cara de Luna se dio cuenta, pero desafortunadamente su compañero no era tan rápido, aunque una pequeña parte de él lo sospechó cuando ya era demasiado tarde.

El detective sacó la pistola del pantalón, hundió el cañón en la axila izquierda del hombretón y apretó el gatillo.

Mientras el tipo se precipitaba al suelo, dejó escapar un largo graznido doloroso y rebuznante, agravado por su máscara.

Al saberse atrapado, el gitano puso una cara que pudo haber sido representada como el paroxismo del horror en una ópera. Pronto se escuchó otra detonación y una flor sangrienta y carnosa se abrió en medio de sus ojos, interrumpiendo su blancura perfecta.

Tal vez pasaron treinta segundos o tal vez pasó un minuto de silencio, pero por primera vez desde que era un niño, a Salvador se le habían ido los tiempos. Dirigió una mirada fugaz a Gaspar.

—¡Eres un hijo de puta!

Se encorvó para sostenerse sobre sus rodillas y rio a carcajadas.

—Me lo tomo a bien —contestó mientras guardaba el arma.

Se sentó en el suelo, echando su largo cabello a los lados.

—Dame cinco minutos, por favor, que todavía no escapo de mi impresión.

—Tómate los que quieras, *mon ami*. ¿*Mon ami*?

—*Mon ami*. Tu pronunciación es mediocre. Pero después de lo que acabas de hacer, puedes decirlo como se te pegue el pito, yo no te voy a reprochar nada en veinte años.

Se rascó la cabeza con ambas manos, como un poseso, y luego exhaló aire.

—Qué hijo de puta. Es que te has cargado a Osman y a Cara de Luna en un día. Llevas una vida muy lenta, pero tienes tus momentos, ¿no?

Gaspar le sonrió tímidamente, apoyando un brazo a la pared, y descansando la frente sobre la manga.

—Pobre diablo —musitó al ver cómo un hilo de sangre bajaba por la mejilla de su gorda cara.

Lo único que ambos escucharon durante un rato fue la respiración agitada del otro.

—Suficiente, vamos para arriba, ya es hora de dejarte ir.

Subió los últimos escalones, imaginando que cualquier otra cosa podría pasar, que cualquier otro problema podría surgir como un tentáculo, uno que lo agarraría del pie para no dejarle abandonar nunca ese lugar.

Pero no; el mismo Salvador se permitió abrirle las puertas.

Aquel fue un momento religioso: salieron en una calleja frente a un parque solitario, con los rostros alumbrados por nada menos que la luz de la luna.

—¿Cómo te sientes?

—El aire aquí arriba es diferente.

—¿Mejor, no? Es una de las pocas cosas que, en mi opinión, nunca podrán tener abajo. Uno de los motivos por los que yo sigo subiendo.

Caminó hasta la acera y extendió los brazos, estirándose.

—Te voy a llamar un taxi. Sé que te deben estar buscando, y tú por tu parte querrás descansar.

—Salvador…

—¿Sí?

—Gracias.

Salvador se dio media vuelta y no tuvo siquiera tiempo de cambiar sus grandes y emocionados ojos cuando un disparo le despobló la ceja, le entró en la cabeza y lo tiró al piso.

Gaspar bajó el arma y se le quedó mirando por un rato.

Caminó cerca de sus hombros, se puso en cuclillas y metió una mano dentro de su abrigo. Al cabo de poco registrar, extrajo el teléfono celular que le había quitado esa mañana. Después de todo, hay cosas que nunca llegaría a entender, ni cambiar sobre su propia vida… o al menos, eso fue lo que pensó, mientras miraba al asesino a los ojos.

Presionó el botón verde y marcó un largo número.

—Soy yo.

La voz de su capitán cundió las rendijas del aparato como si fuera una explosión.

La primera pregunta que Gaspar contestó fue fácil:

—Sí, estoy bien. Pero tengo que ir al médico.

La segunda:

—Sí, estoy seguro, no es nada.

La tercera, cuarta, quinta y todas las que siguieron cargaban una complejidad mucho mayor, y el capitán no parecía tener la paciencia de hacérselas una por una, así que todo a su tiempo. De lo único que se valió Gaspar para detenerle, fue decir:

—Atrapé al Trepanador.

Escuchó el mensaje y contestó:

—Sí, lo tengo aquí. Lo he matado.

Volvió a escuchar y eso le obligó a levantar la mirada, para observar el viejo cartel que indicaba el nombre y la altura de la calle, la cual procedió a decir a su superior.

Leguizamo abrió de golpe la puerta de la oficina y con un grito espeluznante puso a dos oficiales a buscar un mapa, a otros tantos para coordinar la movilización y al resto para que volaran de sus sillas y se pusieran a hacer algo. Quienes estaban haciendo turno extra para encontrar a su compañero soltaron todo lo que llevaban entre las manos.

Dio un portazo mientras el pandemonio se armaba en el resto del departamento.

En silencio, fue al baño, entró y cerró la puerta con llave.

Bajó la tapa del inodoro, se sentó sobre él, y puso su teléfono celular de vuelta al oído.

—Gaspar…

—¿Sí?

—¿Qué coño pasó? Dime.

—Me tuvo retenido, me emboscó. Ya escucharás la historia cuando hablemos, no podrías hacerte una idea de lo cansado que estoy.

—Te entiendo, vamos a ir por ti ahora. ¿Seguro que estás bien?

—Sí.

—Dime algo…

—¿Sí, señor?

—¿Cómo fue que te atrapó? ¿Dónde estuviste todo el día?

—¿Dónde estuve todo el día?

—Sí.

Hubo silencio en la línea.

Gaspar se puso de pie, se dio media vuelta, levantó la cabeza y observó el hotel abandonado, con dignidad. Sus negras puertas se hallaban cerradas, pero los vidrios a cada lado parecían dos ojos, observándolo fijamente, esperando su respuesta.

—Me tuvo vendado buena parte del día. No sé a dónde me llevó. No sé dónde estuve.

Leguizamo se frotó la sien.

—Es totalmente comprensible. Ahora te veo.

—Sí.

—Una cosa…

—¿Sí, capitán?

—Estoy orgulloso de ti, buen trabajo.

Y colgó.

Gaspar cerró el celular y lo puso cuidadosamente en su bolsillo.

Se frotó los ojos con la palma de sus manos y miró por última vez la entrada del mundo de abajo.

Luego, alisó humildemente su saco y se acomodó las solapas. Caminó, con la dificultad que su herida en el pie le imponía, en dirección a las luces de la ciudad, hacia sus complejas torres, hacia la convulsionada metrópolis.

Qué día de mierda había tenido…

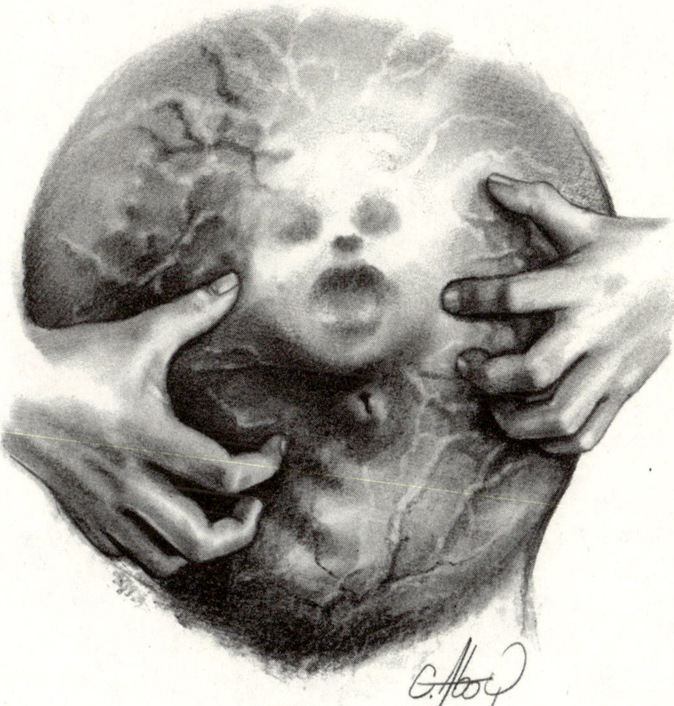

El evento

PARTE I

1

Edgar estaba lívido.

Tenía veintiocho años de experiencia. Había visto un montón de cagadas en su vida. De hecho, si hubiese que hacer un ejemplo metafórico de ello podría decirse que había visto una continua cascada de mierda. Pero nada como esto. Y no, no era un cliché, era en serio: nada había sido como lo que tenía enfrente.

Lo primero que los recibió fue una dentadura justo frente a la puerta entreabierta de la habitación al final del pasillo; estaba posada en un charco de sangre pastoso, que comenzaba a oler mal.

En la puerta había sangre, también. Y como Edgar estaba junto a Patricio, quien giró la cabeza para echarle la mirada de siempre «*me quedo dos pasos detrás de ti*», supo que estaba en primera fila para un show de horror.

Así que le metió una patadita a la puerta. Las bisagras rechinaron, como en las películas, y fueron las luces multicolores de la ciudad, que entraban por el vidrio del ventanal, las que le permitieron ver la carnicería pudenda que allí se hallaba derramada.

Una cabeza cercenada y despellejada estaba puesta deliberadamente sobre el respaldo del sofá, parecía un muslo de pollo crudo a medio comer. Le habían arrancado, también, el cuero cabelludo. Acostado en el sofá, justo al lado, se hallaba el torso, sin las extremidades. Entre los muslos, un pantano de sangre y grumos de carne. Los genitales habían sido destrozados.

Tras la puerta que conducía a la recámara principal, había un cuerpo desnudo, sin piernas. Un brazo estaba estirado por encima de la cabeza (con la cara hundida en la alfombra). Todo indicaba que había intentado escapar.

Qué jodida debía ser aquella escena si el problema no era exactamente que este último cuerpo tuviera las piernas amputadas, sino desmechadas; esa era una manera más adecuada de decirlo.

Otro cadáver, extremadamente obeso, se hallaba sentado, de piernas cruzadas, con la espalda a la pared, justo debajo del ventanal. Era como un Buda sangriento que meditaba. La cabeza era un balón irreconocible empapado de sangre. Uno de sus brazos carecía de mano. El otro de dedos.

Edgar se mordía el labio inferior. Intentaba anclarse a la realidad.

Patricio, quien venía haciendo trencito detrás, por poco se choca contra él. Edgar tuvo que detenerse de forma abrupta porque justo delante se hallaba el cuerpo, puesto boca abajo, de lo que debió ser una bella mujer. Lo supo por las curvas, el contorno, el culo. Era una pena que estuviese completamente despellejada; se veía como aquellos dibujos que muestran el mapa de la musculatura del cuerpo humano.

—Patricio… —Silencio—. Baja y búscame una linterna.

En cualquier otro escenario habría protestado. Pero en esa oportunidad, Patricio se desvaneció en segundos. Y cuando Edgar se acercó al ventanal, poco a poco, cuidando siempre de no pisar en falso, abrió el vidrio, y le chorreó un vómito de ruido urbano sin sentido. La luz permitió divisar una habitación completamente acolchada. Por lo tanto, era a prueba de sonidos. Y funcionaba extraordinariamente bien.

Asomó la cabeza y se dio cuenta de qué eran esas pelotitas que había visto del otro lado del vidrio, colocadas una a una en el alféizar.

Ojos.

Diez en total.

Lo que quería decir que había cinco cuerpos ahí adentro. Edgar meditó sobre aquello mientras la llovizna empapaba el poco pelo que le quedaba; el ruido insalubre de la ciudad era en ese momento un dulce descanso.

Escuchó a Patricio golpeando la puerta ansiosamente; estaba claro que no volvería a poner un pie adentro. Tenía una linterna enorme en la mano izquierda y extendía el brazo, ofreciéndosela desde ahí.

Edgar se giró y caminó cuidadosamente, fijándose siempre por donde iba. Aquel recorrido pareció durar una eternidad.

—Escúchame bien… —Patricio extrajo un iPhone de su bolsillo—. Necesito que me traigas Cif crema ultrahigiene. Catorce contenedores. —Giró la cabeza, levantó la linterna y presionó el botón. Clic. Echó un vistazo breve a aquella sopa de atrocidades—. Lavandina ultraconcentrada. Doce contenedores. Trapos para fregar el piso. Los que puedas. No escatimes. Sesenta por lo menos. Setenta. Tráeme Cif desengrasante. Veinte contenedores. —Patricio anotaba ansiosamente en su teléfono—. Blem. Voy a necesitar Blem. El aroma más fuerte que consigas. Generalmente son los cítricos. Tráeme diez. Y aromatizantes, los que puedas. Olores cítricos también. Y todas las esponjas de cocina que consigas. —Edgar echó un vistazo, mirando lentamente a la par de la luz de la linterna, a una larga mancha de sangre en el vidrio que culminaba en la huella de una mano. Entrecerró los ojos, con rabia—. Limpiavidrios. Tres contenedores.

Cuando dejó de hablar, Patricio se quedó mirándolo por un

rato. Cuando supo que Edgar no iba a dar más instrucciones, empezó a trotar por el pasillo.

Luego de dos horas y algo, Patricio, pobre, tan diligente, emergió del ascensor. Con una mano empujaba un carrito de supermercado lleno de todas las cosas que le habían encomendado. Con la otra, arrastraba otro carrito lleno de trapos de cocina y para fregar el piso.

En todo ese tiempo, Edgar se había quedado mirando obsesivamente la escena, con la ira burbujeando de sus poros.

Iba a pasar toda la noche, y buena parte del día de mañana, limpiando todo aquello. Pero el representante del inquilino lo iba a escuchar. Vaya que sí.

2

Por la manera en que golpeaba el teclado era fácil suponer que Edgar estaba enojado. Su rostro se veía sombrío y a medio iluminar por la luz fría del monitor de la computadora y una decoración de neón conectada a la pared.

La última vez que había visto algo tan horrible fue con su primer cliente: un gordo degenerado que había asesinado a un abuelo, a su hija y a su nieta en un lugar con dos cámaras rudimentarias que filmaban la escena para el entretenimiento de una audiencia en Internet. Había usado un martillo para destrozar el cráneo de la niña. Y eso nunca se le había olvidado del todo. Menos aún porque el verdugo había preguntado en voz alta, para que el micrófono le escuchase: «¿La cara del martillo o las orejas de atrás?». Los habían amarrado a camillas de hospital. A la madre le cortó los senos y los dedos.

La siguiente conversación fue sostenida en perfecto inglés, a través del navegador TOR, en un cuadro de chat bajo una URL que terminaba en «.onion»:

—Te pago siempre, y te pago bien. Nunca hubo un retraso y jamás, que yo supiera, te faltó un centavo de todo lo que acordé que te pagaría.

—Eso no sobresee el hecho de que hubo una grave brecha en el contrato: tu cliente excedió su espacio y faltó a una norma. Son dos de las cosas más graves que puede hacerse, y debió saberlo:

1) Dejó una mancha de sangre en la ventana.

2) Usó una bocha de helado para sacarles los ojos, y los dejó afuera, en el alféizar. ESO ES UNA BRECHA GRAVE.

La contestación no tardó en llegar:

—Pero nadie vio la huella de sangre desde la calle, ¿no? De hecho, tengo entendido que es imposible. El vidrio es oscuro. En la torre ubicada en frente no hay ventanas que miren a tu edificio. Y el callejón de abajo es demasiado estrecho. Aunque sí. Fue una falta, y lo entiendo. Lo que dejó en el alféizar también.

—Nadie puede exceder su espacio. Tu cliente lo hizo dos veces.

—¿Dos? La huella de sangre no cuenta…

—Dejó algo más fuera del espacio permitido: una dentadura. Fuera de la puerta de la habitación. La mancha de sangre vendría a ser la tercera falta.

Edgar era lo suficientemente listo para conocer sus propios límites aun si claramente llevaba la razón y tenía derecho a estar molesto.

La conversación terminó en buenos términos. Y aunque aquello sería considerado una movida odiosa, no volvería a tomar más a ese inquilino. Su representante se disculpó hasta el final.

La paga había sido buena. Sí. Podía cubrir todos los gastos en limpieza y pintura unas sesenta veces. Por no decir que lo primero que hizo el sujeto fue ofrecerse a enviar el efectivo por los gastos en efectuar dicha limpieza. Con un extra por las molestias ocasionadas. Cosa que Edgar declinó cortésmente al principio y al final de la conversación.

Él manejaba un negocio profesional. Y parte de ser profesional y seguir conservando su (formidable) reputación era precisamente no caer en lo que cae cualquier otro tarado que se pone lambiscón con la plata. Aquello, consideraba él, era su «pedacito de Suiza» en medio de la capital de un país del tercer mundo.

Decir que estaba cansado era no hacer justicia a lo muy, muy machacado que sentía sus músculos. A lo exhausto que estaba su cerebro. Le había tocado limpiar todo junto al (tarado) de su asistente, Patricio.

Veintiocho años y la única persona de intachable confianza que había conseguido para semejante negocio era él.

No era como si pudiera contratar un «cleaning service» en Mercado Libre.

En todo ese tiempo, los juegos se habían puesto cada vez peores…

En los noventa eran sadomasoquistas.

Los juegos sadomasoquistas dieron paso a situaciones de maltrato severo. Y aquello le abrió las puertas al *snuff*. Aquella película de Nicolas Cage falló en horrorizar a la audiencia, muy por el contrario, la inspiró.

Entonces, el *snuff* empezó a ponerse más creativo. Y así hasta llegar al show de mierda en trapecio de la noche anterior.

Por un lado, estaba viviendo la época de oro de los juegos macabros de la Deep Web. Por el otro, había empezado temprano, desde los albores del negocio, desde que la Deep Web, de hecho, no existía.

Se sacó los anteojos y se refregó los ojos con los dedos. Se levantó con esfuerzo de la silla y, antes de salir de la habitación, enderezó su título de ingeniero, apenas perceptible en la semioscuridad.

3

El día era negro y llovía a cántaros. No se podía ver la cornisa de las torres y el manto de algodón sucio del que estaba cubierto el cielo amenazaba con flotar lentamente hasta la calle.

El pavimento se encontraba empapado y oscuro, oliendo a lo que olía en días de lluvia. La calle estrecha contenía una fila infernal de automóviles con sus parabrisas enfrascados en una guerra sin cuartel.

Y ahí, dentro de su vehículo, en un silencio solo interrumpido por el monotemático ruido del parabrisas, Edgar, en gabardina, miraba lo que pasaba del otro lado de la acera.

Los niños se habrían hecho sentir con su bulla lunática de no ser por aquel chaparrón que los acallaba. Madres con paraguas se arremolinaban. La que realmente le interesaba a Edgar era una que tenía un paraguas transparente.

Una secretaria con un vestido modesto pero decente, un conato de elegancia digno y unos semitacones, hacía que su precipitada labor por contener a cierta niña inquieta fuera un acto de heroísmo.

Tan rápido como aparecieron, Edgar vio a su hija y a su nieta desaparecer al subir a un vehículo vetusto y diminuto que las llevó allá lejos, donde se perdieron de vista.

¿Cuánto tiempo había llegado a verlas? Un minuto y algo, a lo mucho. Eso sería todo por hoy. Y era todo lo que podía hacer. No había otra, en especial si su hija no lo quería ver, ni saber nada de él.

4

Aparcó en el estacionamiento subterráneo y subió por el elevador. Patricio se hallaba absorto en su iPad. Levantó la mirada para ver a su jefe; este le contestó estirando el brazo y mostrándole el dedo medio. Nada nuevo. Así era la relación.

Edgar rodeó el mostrador, atravesó la discreta puerta y la cerró con llave tras de sí.

Un breve pasillo más adelante se hallaba su oficina: un lugar discreto con vista decadente hacia un muro sucio y mojado desde donde se escuchaba llover.

Colgó la llave del auto en el cuelga-llaves enorme que ocupaba buena parte de la pared y en el que él mismo se había molestado de separar por secciones: vehículos, habitaciones, cocina, gabinetes, etc.

Cuando iba a subir a su habitación, un cuarto modesto en el primer piso, sintió el teléfono vibrar en su bolsillo. Aquello, no supo por qué, le produjo turbios presentimientos.

Camino al entrepiso, y con el pesar de tener que cruzarse otra vez con Patricio, contra quien sentía la necesidad de descargar algún gesto obsceno, extrajo el teléfono del bolsillo. Mensaje de WhatsApp.

«¿Tienes algún cuarto disponible <3?».

El mensaje procedía de «la Gorda», una tipa cuya pantomima era que «engañaba al marido» en el hotel de Edgar.

En realidad, «¿Tienes algún cuarto disponible?» no significaba nada salvo eso. Lo que hacía la diferencia, en este caso, era «<3». El código secreto.

Quería decir que ingresaba un posible negocio. Uno de los de Edgar…

Con sesenta y siete años, él no necesitaba un suspiro para demostrar que estaba cansado de todo. Los suyos eran auténticos.

Pero jamás supo por qué simplemente no enfiló hacia su cuarto y se echó a dormir. Tuvo uno de esos momentos en los que uno no sabe por qué hace lo que hace. Por qué siquiera tomarse la molestia de hacer un esfuerzo.

Pero lo hizo.

Se refregó el rostro con la palma de las manos. Quizá su excusa era que lo haría para poder decirle a la Gorda que «no» y no tener que preocuparse de ello después de despertar. La noche iba a ser tranquila y eso le daba consuelo.

Retornó a su oficina.

Descolgó un manojo de llaves. Ninguna servía para nada, salvo una: la que usó para quitar el cerrojo a una de las gavetas de su escritorio. Al abrirla (contenía dos bolígrafos y una libreta bastante vieja) metió la mano dentro y buscó un botón en el cielo de la gaveta, que al apretarlo produjo un ruido mecánico y gemebundo. El escritorio entero se desplazó hacia adelante, muy lentamente, y reveló un pasadizo secreto en el suelo. Una boca circular.

Con muchísimo cuidado, descendió por las escaleras de caracol.

Y una vez ahí, de vuelta al cuarto oscuro penosamente iluminado por un decorado de neón, tomó asiento ante aquella vieja PC que no se apagaba nunca y abrió el navegador TOR.

Dos contraseñas más tarde que no existían en ningún formato virtual ni físico sino en la sólida memoria de Edgar, ingresó a su proveedor de correo personal encriptado.

Y entonces, cuando vio el título del correo electrónico de la

Gorda, fue demasiado tarde para seguir el día tal como lo tenía cómodamente planeado: 3.000.000 U$D.

¿Había, acaso, un cero de más?

No. Era justo lo que decía: tres millones de dólares. Los labios de Edgar se movían en silencio. Hizo clic.

Leyó lo siguiente: «En efectivo», por un «evento privado» en el hotel, «1 noche».

Más que ambición expresiva, la cara del anciano se convirtió en un culo lleno de dudas. «Gorda, ¿en qué coño me quieres meter?».

Tres millones de dólares en efectivo. Pagados el día del «evento». Antes de comenzar. No daba más detalles. Y aunque eso era normal, Edgar no pudo evitar sentir pesar. Había amasado una nada despreciable fortuna. Tenía esa cantidad de dinero (y poco más) bien guardada en el lugar menos pensado.

Pero aquello que tenía enfrente…

Aquello representaba unos veinte años de su trabajo… en una sola noche.

—En-una-sola-noche —susurró, absorto.

Y *cash*.

Se echó sobre el respaldo, hundió un codo en el apoyabrazos y se acomodó los anteojos mientras miraba el monitor con congoja.

Tenía de sobra para vivir extraordinariamente bien el resto de su vida, aun con el porcentaje que le tocaba al contador que le ayudaba a lavar la plata.

Los gastos estaban calculados y sobraba. El plan era irse a vivir a un lugar lejos de la capital. Adquirir una buena propiedad y estar en paz el resto de su vida. Podía comer fuera todos los días. Podía pagarse el mejor seguro médico. Podía almorzar y cenar con el mejor vino cada noche. Podía ver todos los canales. Podía tener el aire acondicionado encendido todo el verano. La calefacción dando de sí la totalidad del invierno. Podía tener a una o dos mucamas limpiándole la casa y lavándole la ropa tres veces a la semana. Podía tener chofer.

Podía hacer todas esas cosas que le preocupaban a un anciano. Su holgado plan de retiro causaba envidia.

Pero con esos tres millones de dólares (en una noche), podía dar el golpe de gracia y acercarse más a aquella idea que, seamos realistas, un tipo como Edgar, en circunstancias normales, no habría hecho nunca. Porque retirarse e irse a vivir a otro lado significaba alejarse de una hija que no lo quería y una nieta que no lo conocía.

Pero con tres millones de dólares, así, mágicamente, en una noche, podía darse el lujo de planificar cómo hacérselo llegar a ellas. Incluso podía fantasear con hacerle saber a su hija que debía tenerlos solo ella, y que por nada del mundo debía decirle al marido. Asegurar su vida extraordinariamente bien, y la de su nieta también. Seguro médico, ropa, casa, navidades felices, cumpleaños maravillosos, cero necesidades, cero carencias.

Y si su hija los aceptaba, entonces irse para siempre de la capital y pasar el resto de sus días alejado de la única familia que tenía dolería un poco menos.

Dolería lo justo como para poder permitirse hacerlo. Irse. Y estar tranquilo. Esa era la clave. Estar tranquilo. «Sé que están bien». Haber cumplido. Estar en paz. Aseguradas las dos de por vida. Listo.

Se levantó los anteojos para refregarse los ojos una vez más y volvió a los detalles del correo.

Tres millones. Un evento. Una noche. En efectivo.

Edgar se desvaneció en su nube de pensamientos.

5

Por todo el tiempo que lo conocía, la Gorda sabía que, si había algo que Edgar detestaba, eran las reuniones. Para variar, aquel viejo era un convencido de la tecnología. Ir a «tomar un café» le parecía no solo innecesario, sino asqueroso.

Desde hacía muchos años que se las tenía que aguantar. Pero con el paso del tiempo se había ganado el derecho de arreglar todo tipo de cosas a través de comunicaciones por chats.onion creados en la Deep Web y dados de baja ese mismo día. Un chat, una conversación. Los *links* eran colocados por Edgar de manera oculta, en sitios web sobre los que tenía total dominio y borrados poco después. Además, había desarrollado su propio código secreto.

A pesar de todo, en el fondo, adoraba la paranoia del viejo. Y no era la única. Les hacía sentir algo que no tiene precio: seguridad.

Pero la Gorda no pudo evitar sentir satisfacción cuando esta vez fue Edgar quien pidió la reunión. Y porque la pidió él, lo pudo citar donde ella quería. No fue mala: eligió un lugar a unas veinte cuadras de su torre.

Un edificio viejo, pero bastante alto y bonito. La Gorda tenía el último piso y la azotea era suya. Lo había acondicionado para convertirlo en un vivero con techo de cristal. Si podías hacer caso omiso al ruido de la ciudad y separarlo por completo de tus pensamientos, cosa que cada persona que vive en una urbe es capaz de hacer, aquel era un pedacito del campo en la azotea.

—Me gusta venir de noche ¿sabes? —comentó ella antes de dar un sorbo a su limonada.

Llevaba una camisa verde, arremangada y abotonada hasta el penúltimo ojal. Se le veía una curva de tierra en las uñas, indicio de que había estado trabajando con las plantas. Sus dos celulares estaban sobre la mesa junto al llavero de bola 8 que reunía un manojo infinito de llaves. Reposaba sus botas sobre un banquito. Si no tenía apariencia de marimacha, no era la Gorda.

Como el sol le pegaba en la cara, tenía un ojo cerrado. Giró la cabeza para echar un vistazo a Edgar, que estaba sentado justo debajo de la sombrilla, con las manos cerradas sobre las piernas. Parecía incómodo. Pero eso era normal: fuera de su aire, Edgar siempre estaba incómodo. Ella sonrió.

—¿De qué quieres hablar? Dale, dime.

Edgar bajó un poco la cabeza y la miró prolongadamente por encima de sus anteojos. Ella le devolvió la mirada, no menos inquisitiva.

Entonces ella dijo, con aplomo:

—Una cantidad de plata importante. Pero eso no cambia nada. Tú lo sabes, ¿no?

—Sí.

—Entonces, a pesar de que nunca nos hemos ido de joda juntos tú y yo, me alegra conocerte lo suficiente para decirte, en confianza y de manera cariñosa, que no la cagues haciendo preguntas. Sabes cómo es. —Lo volvió a mirar fijamente, con el ceño fruncido. Tenía la frente mojada de sudor—. Y lo sabes mejor que yo, viejo.

Dio un sorbo más y culminó:

—Tú me lo enseñaste.

—Pero nunca había pasado algo así. Es mucho dinero.

La Gorda arqueó las cejas, sonsacó el labio inferior y se encogió de hombros.

—A mi modo de ver, para todo hay una primera vez. ¿Quieres saber cuánto estoy sacando yo por el contacto contigo y por proveerles transporte?

Edgar contestó arrugando la frente.

—Doscientos mil.

El anciano meneó la cabeza incrédulo.

—No sé quiénes son. No sé qué pretenden ir a hacer en tu hotel. Pero sí sé algo...

—¿Qué?

Edgar no pudo evitar que ese «¿qué?» sonara hambriento.

—Luego de esto, no preguntes más, ¿de acuerdo?

—¿Qué es?

—Llegan mañana. Por aeropuerto. Tengo que llevar ocho camionetas para recogerlos. Eso debiera darte una pista de cuántos son. Ni yo lo sé con exactitud. Pero tengo que llevarlos al Sheraton.

—¿Pasan la noche en el Sheraton?

La Gorda lo miró fijamente. Bajó su taza de té y alargó medio cuerpo hacia adelante con los ojos bien abiertos:

—Alquilaron los dos últimos pisos del Sheraton para ellos solos, viejo. La presidencial, las *suites* gobernador. Todas para ellos solos.

6

Todo lo que Patricio sabía era que «no tenía que cagarla por nada del mundo».

Eso era cruel; Patricio nunca la cagaba. Y al argumentar exactamente eso, Edgar contraatacó: «Mañana menos que nunca».

La recta final estaba aquí. Y ese era el peor momento. El de mayor ansiedad. El de mayores dudas. La hora de la verdad nunca sería tan horrible como «la previa». La maldita ansiedad…

Le había pegado como un tren. Ni bien aceptó el negocio, la Gorda tuvo su manera de comunicarle que «el evento» ocurriría en solo cinco días.

Y aquellos fueron los cinco días más preocupantes en la vida de Edgar. Lo que, para un hombre de su edad, era mucho decir.

Pero al menos se había entretenido haciendo planes razonables. De esos que son tan simples que Dios ni se molesta en cagar.

El suyo era un negocio que pagaba extraordinariamente bien. Sí. Era bastante rentable, a pesar de que la clase de clientes que él recibía en aquel lugar, un hoyo negro al margen de la ley, venían escasas veces al año.

Afortunadamente, no había ningún otro cliente especial programado en las siguientes tres semanas. Eso le permitía llenar los agujeros negros con clientes normales. De esos que solo buscan un hotel tres estrellas de paso para sus vidas comunes y silvestres.

Él no necesitaba de esos clientes para subsistir económicamente. No eran esenciales siquiera para pagar la cuenta de la luz, pero ofrecían la fachada necesaria a la hora de justificar ganancias y pagar impuestos.

Sin embargo, ese día, en anticipo para «el evento», el hotel se quedaría completamente vacío.

Por la noche, la Gorda iría a buscarlos al aeropuerto. Se hospedarían en el Sheraton y por la mañana irían al hotel de Edgar. Le traerían un pago descomunal y entonces, finalmente, comenzaría lo que sea que fuera que tenían planeado hacer… cosa que en el fondo le preocupaba cada vez más.

De no ser porque Edgar no estaba de ánimos para juegos, a Patricio le habría gustado hacer una apuesta: que sería capaz de reconocer a algunas de las personas que llegarían. Porque justamente eso se imaginaba: que sería un director de cine importante. Un productor depravado de Hollywood. O quizá, un político de algún lugar. O un empresario muy reconocido. Alguien de Silicon Valley, quizá.

Patricio descubrió con amargura que Edgar no estaba de ánimos ni siquiera para tener una charla al respecto.

Lo que tenga que ser, será.

Pero aun tras repetírselo no menos de dos docenas de veces el día y la noche anterior, el viejo no pudo dormir bien.

Le dolían los ojos, el cuerpo resentía las ascuas. Se había refregado los ojos tantas veces que había perdido la cuenta.

Pero el tiempo, aunque rápido en las malas y lento en las peores, no detiene su marcha nunca.

Y finalmente, el día llegó.

Lo que tenga que ser, será.

7

El día estaba gris y frío. Pero por lo menos no llovía, aún. Edgar se hallaba de pie frente a la puerta giratoria del hotel, vestido con el menos llamativo traje gris que tenía.

No había que llamar la atención por nada del mundo. Esa era la primera regla del negocio. A Edgar no se lo tuvieron que explicar nunca. Era demasiado inteligente como para no intuirlo.

Si Edgar tuviera ego, de hecho, estaría vanagloriándose, con las poquísimas personas que pudiera, de algo increíble: ser el creador de un montón de reglas brillantes que, más tarde, habían copiado en los pocos otros lugares del mundo donde se podía hacer lo que se hacía ahí. Reglas que le habían permitido estar tanto tiempo haciendo lo que hacía sin ningún incidente mayor.

El país pertenecía al tercer mundo, sí, pero lo que él había creado era una superpotencia.

Volviendo al ruedo: no había que llamar la atención por nada del mundo, esa era la primera norma.

Por eso, ni que hablar de lo que sintió cuando una caravana de camionetas negras apareció por el callejón aproximándose lentamente.

Hasta Patricio puso cara de congoja para después poner cara de culo. Ni hablar de la de Edgar, quien, de inmediato, miró furiosamente a los lados, preocupado.

La primera camioneta se detuvo justo delante de la puerta de la torre. El chofer se bajó y abrió la puerta a los pasajeros.

Edgar no estaba preparado para lo que intentaba emerger de la camioneta.

Conforme la puerta del otro lado de la camioneta se abrió bruscamente y desde atrás vino trotando un señor extranjero para ayudar a bajar a la pasajera, desconfiando del chofer, Edgar pudo comprender lo que veía.

Era una mujer muy alta, considerablemente más que él. Estaba vestida de blanco, llevaba un velo blanco y fantasmal que dejaba su rostro tras la tela. Sosteniendo el velo, un sombrero, también blanco, de ala ancha. La imagen no podía ser más estrambótica.

El caballero que la ayudaba, impecablemente vestido, llevaba el pelo aplastado hacia atrás y un bigote muy fino. Debería de tener unos cincuenta años, calculó Patricio. Ojos claros, brillantes, enormes, llenos de cálida inteligencia. La doncella era de su estatura. La forma en la que ambos dieron el paso de la calle a la acera fue literalmente digna de la realeza. El tipo le sonrió al viejo y en un buen español, declaró:

—Gracias por recibirnos.

Sin esperar instrucciones, anudó su brazo alrededor de la doncella y la llevó dentro del hotel. Patricio los siguió apresuradamente. Edgar se disponía a hacer lo mismo de no ser porque tropezaba constantemente con sus pensamientos, mirando hacia atrás, hacia la calle. La camioneta se marchó y en su lugar se detuvo otra, y luego otra más…

Cuando el caballero se dio la media vuelta para encarar al anciano, que corri-caminaba intentando darles alcance, casi se choca contra él. El tipo le sonrió. Las amplias entradas a los costados de su frente le daban una distinción muy amena. Los ojos de ambos se encontraron de una manera que, de no ser por su sonrisa, que volvió a emerger como un cadáver desenterrándose a sí mismo, hubiera sido declaradamente hostil.

—Me encanta su selección musical.

Las bocinas del *home theatre* colocadas a los costados de la recepción escupían «Everywhere at The End of Time» de los Caretakers. Era lúgubre, pero quedaba al dedillo con la decoración.

—Muchas gracias por venir —enunció, de forma mecánica, mientras su frente se fruncía. Hablaba como si las palabras se estuvieran atropellando a sí mismas en su garganta—. No es así como acostumbramos a hacer las cosas —terció con pesar, poniendo tristes las cejas, intentando que no sonara en lo absoluto como un regaño, haciendo un despliegue fenomenal de relaciones públicas—. Esto puede ser peligroso. ¿Señor...? ¿Puedo saber cómo debo llamarle?

El hombre quitó los ojos de Edgar para levantarlos sobre su cabeza. Alguien se aproximaba desde atrás. El momento no pudo haber sido más malditamente perfecto.

Un hombre muy alto, extraordinariamente trajeado, con un pin dorado adornando el lado del corazón, lo miró con tal intensidad que el anciano se giró como si fuera un niño sorprendido por la maestra. Empequeñeció los ojos y al instante fingió normalidad. Pero aquel gesto fue suficiente como para que el contrario sospechara haber sido reconocido.

—¿Sabe quién soy? —preguntó, inquisitorio pero divertido.

Edgar se supo derrotado.

—Sí. Sé quién eres —contestó, acongojado y pestañeando.

—¿Quién? —interrogó entonces el señor de bigote, como si fuera un chiste entre amigotes—. Llámeme Pryce.

Patricio miraba todo desde detrás de la recepción, frío, incrédulo a lo que estaba ocurriendo. Lo último que quería todo aquel que iba a ese lugar era ser reconocido. Y su abismal sorpresa se debatía entre dos factores: lo que ocurría en sí y el temor a la reacción de su jefe, que era el arquitecto de la fórmula infalible que durante tantos años había permitido a sádicos ungirse en lo más bajo de la humanidad.

No le quedó más remedio que jugar.

—Es el exgobernador. El candidato a presidente.

—Excandidato también. Eso quedó atrás. —Aquella declaración zanjó el tema. Comenzó otro—. Pero no se preocupe. Nadie vio nada. Nadie sabe nada. Nadie vendrá a romper las pelotas.

Edgar asintió como un niño que acababa de llorar pero que de alguna manera ha quedado dudosamente complacido.

Pryce se deshizo del breve nexo para ir a buscar a la dama del velo, quien se hallaba frente a una pared con las manos tomadas entre sí, cabizbaja, sin hacer nada. Como un maniquí que han dejado plantado.

Mientras tanto, la puerta giratoria del hotel señaló, haciendo su ruido característico, que entraban más personas; esta vez se trataba de un distinguido hombre de cabellos grises que empujaba una silla de ruedas. Ni él ni Patricio sabrían, nunca, que se trataba del embajador de Rusia, ayudando a un anciano y rechoncho magnate petrolero de ese mismo país. El hombre extendió los brazos débilmente hacia arriba, a la vez que el excandidato a presidente se inclinaba para darle un abrazo y un beso en los labios.

Edgar giró sus ojos de esa escena estrafalaria a otra: detrás del vidrio polarizado del hotel, en la calle, había un montón de gente reunida. El desfile de camionetas ya había terminado. Ahora todos ocupaban la calle, riendo a carcajadas. Las señoras se abrazaban unas a otras. Los caballeros también.

Y de pronto, se hizo la luz. La recepción del hotel se encandiló de blanco. Patricio se anotó una buena: decidió encender la luz de la lámpara de cristal gigante que colgaba del techo, porque el día se estaba haciendo cada vez más gris y dentro estaba muy oscuro.

Eso no distrajo al anciano mucho tiempo. Su mirada implacable volvió a cernirse sobre toda esa gente que se movía detrás del vidrio haciendo mucho ruido. Emergían por la puerta giratoria poco a poco. Una vena hinchada comenzaba a marcarse desde su frente hasta su cuello.

El hábil señor Pryce, desde atrás, le colocó la mano sobre el hombro.

—¿Me deja acompañarle hasta su oficina? Muéstreme el camino.

Edgar se dio media vuelta y levantó la cabeza para poder verlo a la cara. De la nada, había emergido un tipo todavía más alto quien, a diferencia de los demás, carecía de distinción. La nevera andante con corbata era un guardaespaldas. Y sostenía una valija.

8

El silencio de los señores era espectral. Lo único que se escuchaba eran las rueditas de la valija rígida andando por el piso.

Ya en el despacho, y sin esperar autorización, el sujeto la colocó pesadamente sobre su escritorio, mientras Edgar cerraba la puerta detrás de ellos. El tipo tampoco esperó autorización para quitar el seguro y levantar la tapa.

—Tres millones de dólares —anunció el señor Pryce, triunfante.

Lo que prosiguió fue un silencio incómodo. Pryce y su ayudante miraban a Edgar en silencio. Quizá esperando que el viejo saltara en una pata. Lo que este hizo, sin embargo, fue mirarlos inquisitoriamente.

Y así se quedaron los tres, en un triángulo cada vez más extraño, y oscuro, porque Edgar no había encendido la luz.

Ya que el silencio se prolongaba demasiado y amenazaba con ser incómodo, Pryce decidió romper el hielo:

—¿Tiene un contador de billetes? ¡Espero que sí!

Aquello había sido un chiste. Pero también un aviso para Edgar de que pusiera los pies en el suelo.

—No los voy a contar —dijo, afablemente—. Sé que usted es confiable.

La valija, repleta de billetes nuevos, en filas ordenadas y prolijas, parecía un faro en aquel lugar de penumbras.

El señor Pryce se irguió, sonriente.

—Pero no es así como hacemos las cosas aquí —contraatacó Edgar—. Esto representa un grave peligro. Toda esa gente afuera, entrando así…

Mientras Edgar hablaba, se podía escuchar a la muchedumbre, bastante animada, en el *lobby* del hotel.

—Usted debe ser la primera persona en entender que esto es muy peligroso. Por favor…

Pryce levantó las manos, abriéndolas.

—No se preocupe —exclamó, con marcado acento extranjero—. No hay peligro. —La diferencia de estatura entre los dos caballeros era imponente. El viejo parecía declaradamente insignificante. El señor Pryce, por su lado, sabía elegir sus frases muy bien—. No habrá ningún problema. Cero conflictos. No debe haber preocupaciones. Está todo debidamente controlado.

Pero justo en ese momento, como si los ángeles guardianes de Edgar hubiesen decidido hacer un último intento, se escucharon fuertes tumbos e incluso un gesto de exclamación de Patricio.

El viejo se dio la vuelta como si fuera una pieza de relojería suiza. Pryce y su gorila levantaron las cabezas al unísono.

Edgar abrió apresuradamente la puerta y comenzó a andar, caminando tan rápido como un hombre a su edad podía. Se frenó en seco a medio camino, se giró… y casi choca con Pryce, otra vez. Pudo ver por encima de su hombro la puerta abierta de la oficina y la imagen, turbia a más no poder, de una valija echada torpemente sobre su escritorio con la tapa abierta y una fortuna asomándose.

Pryce lo miró con curiosidad, se dio media vuelta también y de inmediato encontró el problema. Le hizo una rápida seña a su hombre. El tipo se dio vuelta y con delicadeza cerró la puerta de la oficina. Listo.

El viejo reanudó su marcha hacia la recepción. Ya no se oían tumbos, pero ahora se escuchaba un sonido que, de tener que describirlo, era como un transporte de equipos pesados.

Y eso es exactamente lo que era.

Las ruedas rechinaban bajo el peso monstruoso de cajas que estaban cerca de ser del mismo tamaño que un Volkswagen. Se habían tomado la libertad de abrir los portones de vidrio a los costados de la entrada giratoria.

Patricio se hallaba en medio del *lobby* con la mejor cara de estúpido que tenía. Empleados iban y venían desde la calle llevando embalajes más pequeños en carretillas de carga. A los lados, como si fuese un comité de recepción, todos los asistentes del evento conversaban y reían. Hombres elegantes e impecablemente trajeados, mujeres vestidas como reinas y princesas. Aquello parecía el preparativo de alguna boda real. Y por algún motivo estaban festejando aquellos embalajes que se iban acumulando cerca del pasillo de los ascensores con aplausos y vítores.

El embajador ruso, fajo de dólares en la mano, les pagaba a aquellas personas justo delante de la puerta del hotel. Un par de camiones de transporte se hallaban estacionados afuera, tapando la calle. Desde atrás, algún conductor enojado, pero completamente ignorado, golpeaba la bocina.

Y mientras tanto, el enfado pasivo de Edgar se convirtió en sorpresa. Y a partir de ahí, no prosiguió su camino natural a una tremenda bronca, sino al horror casi absoluto. Tan solo dos peldaños debajo de la histeria incontrolable.

Se habían cagado y consecuentemente limpiado el culo en menos de media hora con las normas sagradas que fundamentaron tres décadas de éxito.

Pero he ahí el quid de la cuestión: no podía dar media vuelta y gritarle al señor Pryce. No podía tomar una escoba y, cuan viejo choto pero digno, echarlos a todos.

No podía hacer absolutamente nada más que, metafóricamente, ponerse de costado y recibirla. Y que sirva de lección para esta y futuras generaciones: si había una manera de olvidar por completo que tienes una valija con tres millones de dólares sobre tu escritorio, era esa.

El embajador ruso terminó de pagarles a los doce empleados, según pudo estimar Patricio, que realizaron el primer trabajo. Pero ahora venía lo siguiente… porque si habían ignorado todas las normas del viejo haciendo lo primero, ¿qué más daba pisotear su figurativo cadáver pidiéndoles que ahora subieran todas esas cajas por los ascensores y las escaleras hasta el último piso?

Comenzó a repartir más dinero sin dolor alguno. Los empleados, con chalecos amarillos, intercambiaron unas palabras y se pusieron manos a la obra. Si tenían algún cronograma que cumplir en algún otro lado de la ciudad, estaban por decepcionar a sus empleadores.

Patricio miró con horror a Edgar, y este a su vez observaba, con la moral completamente destruida, hacia la calle. El chofer de alguno de los camiones que se hallaban estacionados allá afuera convencía a un gendarme de que les dieran un par de minutos más para despejar la arteria.

En algún lado, entre risas, voces, exclamaciones y gritos de jolgorio, se escuchaban las poleas de los ascensores del hotel funcionando. Las damas se habían hecho apartar un cajón gigantesco a un costado de la recepción, pegado a una pared, y se las habían arreglado para abrirlo; de él extraían lo que parecían ser vestidos dignos de un carnaval veneciano. Varias de ellas, con el torso desnudo, tetas al aire, reían y se colocaban los vestidos frente al cuerpo, mirándose ante el gran juego de espejos de la recepción.

Pryce y los caballeros que lo acompañaban no les prestaban la más mínima atención, salvo los que sacaban popurrí y sombreritos con forma de cono de fiesta del cajón. Los empleados que transportaban el resto de los embalajes estaban deslumbrados.

—*Bonjour!* —exclamó alguien, atronadoramente, desde la puerta—. *Comment ça va?*

Era una anciana que parecía brillar como si fuera el sol. Vestida y emperifollada como una diosa. La densidad gravitacional en torno a ella parecía volverse más densa. Sus joyas bailaban alborotadamente.

Varias mujeres se arremolinaron en torno a ella como si fuera una estrella. El señor Pryce fue a recibirla extendiendo los brazos de lado a lado. La anciana lo abrazó y le dio un beso en cada mejilla. Ambos conversaban de manera fluida y alegre. A Edgar le quedó claro que Pryce podía hablar el francés con más comodidad que el español.

Tras una cháchara animada, la anciana fijó su atención en la dama alta, de sombrero blanco, a la que el espeso velo cubría el rostro. Expresó algo en un grito ininteligible, cargado de amor y felicidad, y por primera vez, fue ella quien caminó hasta alguien, en lugar de esperar a que todos se arrebolaran en torno suyo como el sol.

Tomó con suavidad entre sus manos regordetas con uñas largas y rojas, que parecían pezuñas, los delicados, delgadísimos brazos cubiertos de malla de tela de aquella mujer del velo. La acarició a los lados de lo que debía de ser su cabeza y, colocando ahora sus manos a cada lado de esta, la hizo inclinarse, para levantar el velo y darle un beso en la frente.

A Edgar le faltaba aún mucho para sentirse abnegado. Estaba todavía en el período de duelo que comprende la sorpresa y dolorosísima furia. Pero hubo algo que atravesó, como una saeta, ese emporio de ansiedad y rabia. Y que lo desencajó por un momento.

Un breve segundo.

Logró ver un poco del rostro de la dama de blanco.

Su piel era pálida. Indescriptiblemente blanca. No tenía cabello. Era completamente calva. Y eso incluía, además, ausencia total de cejas.

Carecía de nariz. En su lugar, había un hueco pulsante y delicado. Su boca era estrecha y circular, sin labios. Pudo ver sus dientes.

Y en el lugar donde se hallaban sus ojos, había solo dos cuencas vacías, y arrugadas.

PARTE II

1

Si algo había permitido sobrevivir a Edgar veintiocho años en una empresa tan turbia como aquella, era en parte su pragmatismo. Y veía con bastantes malos ojos, por cierto, aquellos que hacían mucho drama por el vaso de leche derramado. Con muy pocos vasos de leche hacía él excepciones.

Vestigios de ese pragmatismo le permitían resignarse. Y la resignación llevaba paz.

Después del espectáculo, después de lo que sea que «este "evento" de mierda fuese», haría restregar todo con lavandina, pintaría la torre entera por dentro y la vendería.

Al final, el cabrón de Pryce había logrado cumplir el irrealizable sueño de retiro de Edgar: dejar todo atrás. Vivir el resto de su vida sin trabajar.

Todo estaba fuera de control. Aquella sería la última noche de ese hotel como epicentro de realización de las fantasías más impúdicas de la Deep Web. Y también muchos años por delante siendo realmente lo que hasta ahora solo había sido a medias y pretendido ser completamente por fuera: un lugar donde señoras y señores vienen a poner los cuernos. Eso.

Edgar miraba tristemente a la nada, sentado en la acera frente a la torre. El cielo estaba cubierto enteramente por un manto gris, cargado de truenos y malas intenciones. La brisa soplaba fríamente sobre su escasa cabellera. En ese momento, las cenizas de su cigarrillo a medio fumar volaron brevemente por el aire al mismo tiempo que levantaba la cabeza.

La presencia que estaba sintiendo era la de Patricio. Edgar intentó mirar detrás de sí todo lo que pudo y levantó la cabeza, mirándolo.

—Se están vistiendo con túnicas —anunció, gravemente.

El viejo se le quedó mirando largamente. Con una expresión de «¿y qué quieres que haga?».

Patricio miró a los lados de la calle estúpidamente, como para cerciorarse de que no había nadie que pudiera escuchar.

—¿No se te ocurre que después de todo lo que vienen a hacer acá es una bobada? —El viejo simplemente se limitó a observarlo—. ¡Una estupidez! —explicó, con impaciencia—. Es decir, que no vengan a hacer nada realmente… —Miró a los lados de forma conspiranoica—. Una suerte de ritual masón, rosacruz, alguna cosa así. Algún ritual en plan Club Bilderberg. O como el club ese que está en Estados Unidos, ¿sabes? El de los…

Giró los ojos ansiosamente, intentando explicar.

—El Bohemian Grove.

—¡Exacto! —exclamó Patricio, como si acabase de experimentar alivio—. Algo así. Una tontería illuminati.

Edgar volvió a mirar hacia la pared del otro lado de la estrecha calle, a la vez que daba una calada al cigarrillo e inhalaba el humo, meneando la cabeza con desinterés.

Incluso para el mayor aventurero, los viajes por avión, con todo lo que eso implica, se hacen pesados. Si esta gente estuviera jugando a los illuminati lo habrían hecho, con total comodidad, en su propio país. Y si aquel grupo era muy diverso, entonces cuando menos lo hubiesen hecho en un país mejor y más seguro.

Pero aun si, por algún capricho, hubiesen elegido este país del tercer mundo, entonces seguramente habrían podido encontrar un lugar mucho más elegante, mucho mejor, para hacer una partuza ritualística. Se habrían quedado, de hecho, en el Sheraton.

No… si estaban ahí, con todo el movimiento previo de contactos que aquello significaba, era porque iban a hacer algo malo…

De pronto Edgar pestañeó, soltó el cigarrillo, y entreabrió la boca, con horror. Empezó a tejer. A hacer las matemáticas en su vieja pero privilegiada cabeza, sacando conclusiones horribles. Hizo memoria. Escuchó voces en su mente. Un choque de trenes mental se le sobrevino. La mecha, aunque por todas las razones equivocadas, la había encendido Patricio, que simplemente miraba a las esquinas con las manos en los bolsillos.

Pero para Edgar, todo empezó a tener sentido…

Y recordó:

«Es el exgobernador. El candidato a presidente».

«Excandidato también. Ya no más candidato. Eso quedó atrás. Ya no importa».

«No se preocupe», «no hay peligro».

Aquellas mujeres tan raras riendo y abrazándose. Llorando de felicidad. Los hombres a los abrazos también.

Era toda una despedida, ¿no? Se estaban despidiendo.

Si el «evento» consistía en un sacrificio humano de tres, seis o nueve personas era manejable. Pero si lo que pretendían era un suicidio masivo estilo Jim Jones, ellos… ¿Treinta personas por lo menos? Y muchas de las cuales eran famosas. Eso era distinto.

«No se preocupe… no se preocupe», no… si los que no se tienen que preocupar son ellos. ¡Yo sí!

—Yo sí… —gruñó Edgar, levantándose poco a poco del piso, con esfuerzo—. Hijos de puta…

Patricio giró la cabeza mirándolo, preocupado.

—¿Ah?

Edgar entró intempestivamente, empujando la puerta giratoria. Donde antes hubo lo que parecía una fiesta, ahora había silencio y vacío. No había nadie. Todos estaban en el último piso.

2

¿Qué podría pasar si Edgar le devolvía la valija, llena de dinero, al señor Pryce? ¿Qué podría pasar si rechazaba a gente tan poderosa?

Hubiera querido tener las agallas de decir «estoy por probarlo». Pero lo cierto es que, de hecho, Edgar estaba por tantearlo, y eso de por sí era mucho más de lo que la inmensa mayoría del mundo hubiera tenido las agallas de hacer.

Las puertas del ascensor se abrieron de par en par en el último piso de la torre. El salón de eventos. Era un lugar sin paredes, rodeado por ventanales opacos que ofrecían una vista espectacular y decadente de la ciudad, que esa tarde estaba cubierta de una niebla que embadurnaba todo. La lluvia era una amenaza latente.

Si antes había jolgorio, risas y aplausos, ahora reinaba una atmósfera densa. Habían tenido una fiesta previa. Se habían vestido para ello. Los trajes y vestidos estaban desparramados a un costado.

Edgar esperaba que todas las miradas se girasen al unísono hacia él. Pero no le estaban prestando atención.

Lo único que interrumpía el silencio era un rezo suave, leve, que venía de alguna parte. ¿Era acaso latín? Edgar intentó agudizar el oído.

No, no lo era.

Las personas estaban arremolinadas en estrechos círculos, tomados de las manos, con las cabezas gachas. Oraban en silencio.

Algunas mujeres ayudaban a los hombres a cerrar sus túnicas con el cierre de la espalda. Pryce era uno de ellos. Era el único que prestaba atención a Edgar. Sus miradas se encontraron.

A pesar de ello, supo que quien llevaba las riendas del evento era aquella anciana. La reina emperifollada; ella estaba a la cabeza. No solo porque tenía una silla reservada en el centro de la sala, en donde empezaba a ser rodeada por gente poderosa de todas partes del mundo que se sentaba en el piso frente a ella, sino porque ahora tenía una corona obscena y dorada encima. Parecía la tiara papal, pero con una serie de cadenas de oro colgando alrededor y más joyas en torno. Una de esas joyas, la central, tenía la forma de una inquietante mancha en el centro. Con un ojo. Este objeto específico casi abstraía más la atención que el hecho de que la anciana tenía parte de su excesivo maquillaje y pintura labial corridos, posiblemente producto de tantos besos y abrazos apretados. Lo que daba una imagen completamente decadente que a nadie parecía importarle, así como tampoco que estuviera completamente desnuda.

Su cuerpo obeso estaba libre de telas y mallas, y llevaba únicamente las presuntuosas y numerosas joyas en los brazos y el cuello.

Una hermosa jovencita alargó un brazo, para tocar su dura y rechoncha rodilla, con admiración. El hombre que estaba a su lado la miraba con la adoración propia de un ídolo.

Esta escena hizo a Edgar detenerse en seco. No quería llamar la atención en un escenario así.

Lo que apareció a continuación, caminando lentamente con la gracilidad de un felino, hasta ponerse detrás de la anciana para posar sus manos sobre los hombros desnudos de esta, le hizo sentirse legítimamente arrepentido de estar ahí. Particularmente porque esa aparición dirigía su mirada ciega y vacía hacia él, de alguna manera.

Era la dama de blanco. La figura femenina alta que llevaba sombrero de ala larga y velo.

Ahora podía verla en todo su esplendor, porque ella, también, estaba despojada completamente de ropas. Y parecía más alta que nunca. Larga.

Había suaves hendiduras de piel ahí, donde debían estar los ojos. Un hueco triangular más abajo, donde debía estar su nariz. Y sus labios, en efecto, habían sido removidos de alguna manera. Podía ver sus dientes.

Sus senos eran como peras firmes. Su sexo, lampiño… y lo más prominente es que aquel vestido aparatoso había ocultado lo que más importaba: estaba en estado avanzado de embarazo.

Separados por unos treinta pasos, su rostro estaba fijo en Edgar. Lo había sentido llegar. Y lo demostraba silenciosamente de esa manera, mientras frotaba los hombros de la anciana.

Aquella distracción permitió que el señor Pryce lo tomara por sorpresa.

—¿Se quiere unir?

De alguna manera, se las arregló para aparecer a su lado y hablarle al oído. Edgar dio un respingón y gimió vergonzosamente, dándose la vuelta. El señor Pryce sonreía cándidamente. El contorno de su cuello revelaba que, debajo de la túnica, estaba desnudo.

—Me gustaría hablar a solas —gimoteó el anciano.

Al silencio profundo, entrecortado armoniosamente por aquel extraño, ignoto cántico religioso, se le unió de pronto el sonido de la lluvia.

—¿Y si mejor hablamos aquí?

Edgar miraba a Pryce, suplicante.

—Estamos cerca de empezar, y no quiero abandonar el piso —explicó.

A pesar de ello, Edgar intentó hablar en el tono de voz más bajo posible:

—¿Se van a suicidar?

Edgar se sonrojó e, inmediatamente, se sintió completamente estúpido. Apretó los puños, mirando de manera suplicante a Pryce. Esperando la reacción a su atrevimiento como quien aguarda a que el pelotón de fusilamiento abra fuego.

—Eso depende.

Los labios de Edgar temblaron.

Levantó las manos para peinar su cabello y frotarse los ojos ansiosamente. Le dedicó una mirada nefasta al extranjero.

—Depende de cómo se lo mire…

Edgar sorbió por la nariz y apretó los labios.

—En todos los años que tengo de experiencia, nunca había vivido una situación tan irregular como esta. Estoy muy asustado. ¿Vio? —Pryce simplemente lo observaba—. Creo que van a hacer un suicidio en masa, en mi torre. Y si eso ocurre, no tengo los medios, ni los contactos, ni los recursos para hacerme cargo, ¿entendió? Usted me ha jodido bien, Pryce.

Edgar volvió a peinarse el cabello con los dedos. Descubrió, sin avergonzarse, que los pies y las manos le temblaban.

—El dinero fue solo una trampa —le recriminó, como lo haría un niño quien descubrió que fue timado.

La respuesta de Pryce no perdió un ápice de candidez. Sus ojos brillaron, y por la emoción de sus palabras, su acento extranjero se hizo más marcado:

—Le dije antes que sus temores son infundados. No tiene que preocuparse de las cosas que lo acomplejan tanto, mi querido señor.

—¿Y cómo que no? —exclamó Edgar, con hastío.

—Porque no nos vamos a suicidar realmente —lo interrumpió con cariño paternal—. Lo que va a ocurrir aquí es el fin del mundo.

Edgar pestañeó varias veces. Como si las palabras de Pryce hubiesen sido un bocado difícil de digerir, pero no por ello desagradable.

No en lo absoluto.

La lluvia, afuera, golpeaba los vidrios con más fuerza y ocultaba casi las torres alrededor.

—¿El fin del mundo?

Edgar comenzó a sentirse como quien experimenta un fuerte alivio y se siente particularmente benevolente. Pero aun así, se le ocurrió, con ese tacto veloz y extraordinario suyo, que no podía ofender al señor Pryce, incluso si lo que acababa de decirle era la imbecilidad más grande del mundo.

Decidió que la mejor manera de zanjar el asunto era asentir con la cabeza y dejarlo en paz:

—Me marcho entonces.

Volvió a asentir respetuosamente y se dio media vuelta.

—¿Ha dejado todas sus cosas en orden? —atacó de pronto Pryce—. Amigos, conocidos… familia. Su hija y su nieta, por ejemplo.

Edgar se detuvo en seco y se volvió a dar la vuelta.

—Tras planear algo de esta envergadura, supongo que no le ofenderá que hayamos investigado todo sobre usted, ¿verdad? Cada detalle fue cubierto al mínimo.

El anciano lo miró dignamente, paseando sus ojos por el rostro de aquel tipo enorme.

—Lo felicito.

—Yo a usted. Más de un intermediario con los que tratamos para llegar hasta acá le veía como… ¿un fantasma? Una sombra. Piensan que más allá de esta torre —declaró, mirando a su alrededor— usted no tenía absolutamente nada. Su meticulosidad es extraordinaria.

Aspiró profundo, como satisfecho de sí mismo, y sonrió, mirándolo, antes de manifestar:

—Pero nada de eso importa ya. Incluso si todos supieran lo que usted ha hecho. ¿Entiende? Todo se acaba hoy. El mundo se va a terminar.

Le puso una mano sobre su huesudo hombro y lo apretó suavemente.

—Pero si lo hace sentir mejor, no abriremos las ventanas de este lugar gritando a los cuatro vientos nada.

—Lo agradecería mucho.

Pryce dejó escapar una risa ahogada.

—Sé la naturaleza de su extraña, reciente tranquilidad, amigo mío. Es obvio que no cree un pimiento de lo que digo. Pero debería tenernos fe. ¿Le gustaría tomar una silla y quedarse a presenciarlo?

Edgar levantó la cabeza, mirándolo a la cara.

—La verdad, preferiría no hacerlo —declaró, meneando la cabeza para dar más énfasis a sus palabras.

—¿Quiere que le cuente algo chistoso?

El anciano levantó la cabeza encontrando sus ojos con los suyos. Detrás de las anchas espaldas de Pryce, todos estaban arremolinados en torno a la anciana. La reina. Rezando de rodillas. Como frente a una virgen decadente.

—Si usted se hubiese negado a los tres millones de dólares que le ofrecíamos, habríamos contraatacado ferozmente.

Arrugó la frente, mientras Pryce prosiguió, entusiasmado:

—Le habríamos ofrecido cinco millones. Diez millones. Veinte y treinta millones de haber sido necesario. Habrían sido suyos. Tan solo tenía que haberlo exigido. Por motivos muy largos de explicar, el evento se tiene que hacer aquí. En esta latitud geográfica.

Pryce se hizo a un lado, mirando a la mujer desfigurada y embarazada, quien estaba siendo colocada, con la ayuda de varias personas, sobre un mesón de hierro inmenso y pesado, el cual había sido embalado en partes tan solo unas horas antes. Uno de los asistentes se quitó la túnica, quedando completamente desnudo. Su pene, con vellos púbicos canos, rebotó suavemente. Otra persona empujaba, ante él, una mesita metálica en ruedecitas con diversos utensilios médicos encima.

—Los preparativos no han sido fáciles. Muchos, de hecho, desafiarían su imaginación —prosiguió el señor Pryce—. Esto no es como nada que haya visto.

Si aquella había sido una diferencia monstruosa de dinero, no le había dejado saber a Pryce que sus palabras le afectaron.

—Se me ocurre una idea —declaró—. ¿Aceptaría usted un desafío? —Edgar permanecía inmutable, pero fue inevitable sentir un pinchazo de ansiedad—. Quédese con nosotros. Tome un asiento y póngase cómodo. No lo involucraremos en nada de lo que ocurra. Y a cambio le pido que usted tampoco se involucre. Ha de permanecer callado…

El anciano meneó la cabeza, listo para negarse.

—Si yo me equivoco, y el mundo no se termina esta misma noche, acepto darle cincuenta millones de dólares.

Edgar cerró los ojos, y apretó los labios, ladeando la cabeza, como intentando sonarse el cuello. Aspiró profundamente, y miró a Pryce.

El sujeto solo se limitó a sonreírle, y a extender la mano en su dirección, abierta, expectante. El viejo lo miró fijamente.

—Yo no he de involucrarme… pero tampoco me van a involucrar a mí —recitó, haciendo mayor hincapié a la segunda parte—. ¿Es así?

—Es así.

Estrecharon las manos.

3

Tras avisarle de manera hosca a Patricio que «no jodiera» durante las próximas cinco o diez horas, Edgar se puso algo más cómodo, llenó una botella plástica con agua y pulsó el botón del ascensor.

Se preguntaba, camino arriba, mientras escuchaba las viejas poleas temblar tras el armatoste metálico, si aquello sería peligroso…

Pero pasa que Edgar tenía un convencimiento, amén de un sentimiento extraño.

El convencimiento era que, si esa gente fuera peligrosa, daba lo mismo que estuviera en planta baja que en el último piso. Si tenían el plan de matarlo, lo harían. Y aparte, en todos esos años en los que no había pasado absolutamente nada… ¿qué posibilidades había de que hoy fuera distinto?

Un ser humano nunca es demasiado viejo como para decir «qué carajo» o «a la mierda». Dicho de manera más docta: «qué más da» o, incluso, «¿qué importa?».

Si aquello iba a ser el punto más alto de una vida deslucida que había sido solo interesante entre las sombras, entonces una apuesta de cincuenta millones de dólares sería un episodio final espectacular.

Las puertas del ascensor se abrieron de par en par. El doctor se veía ridículo: estaba completamente desnudo salvo por un delantal blanco. Anudado en la frente tenía un foco de luz. La mujer sin rostro se hallaba acostada, plácida. No decía nada. Su panza parecía todavía más abultada que antes.

Y frente a la cama armada, el sillón enorme donde estaba sentada la anciana francesa. Mirando todo tras sus grandes anteojos de sol. También desnuda, sobresaliente, rodeada de un montón de personajes increíblemente poderosos.

Todos se deshicieron de sus túnicas, que arrojaron a los costados, junto con la ropa que habían traído antes. Estaban sentados en el suelo, como niños que se creen los dueños del mundo.

El señor Pryce era el único, aparte del doctor, que no estaba sentado. Se hallaba desnudo, también. Fue el único que miró hacia el ascensor cuando las puertas se abrieron. Nadie más giró con curiosidad. Todos estaban absortos en la mujer, posaba en la camilla.

Pryce hizo un gesto a Edgar. El anciano hizo lo que silenciosamente se le pidió: ponerse a un costado de la sala, espalda contra la pared, a mirar en silencio.

Se escuchó la lluvia caer con más fuerza.

El doctor revisaba de cerca algunos fármacos que, juzgó Edgar, en circunstancias normales serían muy difíciles de conseguir para cualquier mortal. ¿Para ellos? Ningún problema. Sospechó, por algún motivo, que estaba intentando inducir el parto de aquella… pobre mujer.

Ella respiró suavemente. Las cuencas carnosas de sus ojos permanecían inmóviles. El triángulo huesudo, húmedo y horroroso que tenía en lugar de nariz se contraía suavemente.

El médico le colocó la mano sobre el vientre abultado, lleno de várices, que se entrelazaban como una tormenta eléctrica en torno a su piel frágil.

El tipo levantó la cabeza y sonrió a los presentes: sí, todo estaba bien.

La anciana francesa levantó los brazos con jolgorio y gritó algo en su lengua. El resto comenzó a aplaudir con ganas.

Y lo único en este mundo que habría podido romper semejante algarabía de ricos y poderosos, ocurrió: la mujer sin rostro gimió con dolor. Su vientre se contrajo. Desde los costados de la mesa comenzó a chorrear fluido amniótico.

De inmediato se levantó un nubarrón de comentarios nerviosos y palabrería susurrante. Edgar los miraba desde la pared de donde se hallaban las puertas del ascensor. Podía ver un montón de cabezas menearse. Los que estaban en las filas de atrás se ponían ansiosamente de rodillas para ver mejor.

Claramente había roto la bolsa… pero todo el culto, incluyendo el señor Pryce, lo veía como un acontecimiento divino.

Y entonces la mujer abrió aquella hendidura carnosa sin labios que hacía de boca y dejó escapar un grito largo, desesperado y desgarrador.

Edgar frunció el entrecejo. ¿La habían preparado toda su vida para algo como eso? ¿Su aspecto se debió a un accidente o a algo premeditado? Tuvo la sabia certeza de que había sido lo segundo. Y de haber sido así… entonces tuvieron que haberla entrenado de niña, para aceptar con semejante calma lo que le habían hecho.

Otro grito más largo, desgarrador. Arqueó la espalda. El doctor intentó contenerla echándole medio cuerpo encima para que no cayera de la cama. Levantó la cabeza y gimoteó algo en inglés. Pryce fue inmediatamente en su ayuda… pero cometió el grave error de intentar inmovilizarla tomándola de las piernas.

Recibió varios golpes en el pecho, los hombros, y una patada en la boca del estómago que lo hizo arquearse, dejando salir una queja larga y rasposa. Pero no cedió: aprendió su lección e intentó asirla de los tobillos. El doctor chilló con todas sus fuerzas una orden en su idioma natal: «*Harder!*».

Pero las piernas de ella revoloteaban en el aire mientras gritaba de manera descarnada. Ya no eran los aullidos de un parto difícil… sino los alaridos de *algo más*.

Puso los tobillos de la mujer debajo de cada brazo e hizo lo mejor para contenerla. Pero sus muslos carnosos y firmes daban pelea, y Pryce, despeinado, como una versión débil de sí mismo, perdió el equilibrio y dio un espectáculo lamentable.

Tan estremecido se hallaba ante su inhabilidad para imponerse a las patadas de la mujer sin cara, que, sin esperar instrucciones, el embajador se puso de pie de un salto. Su pene hizo zigzag en el aire. El sujeto movió el culo hacia la dirección de Pryce y, sin esperar instrucciones, intentó por sí mismo asir una pierna, dejando que el otro hombre se encargara de la siguiente, todo mientras la embarazada vomitaba gritos largos, sórdidos y ensordecedores.

Edgar se inclinó para dejar la botella de agua en el piso. Lo hizo con la intención de tener las manos libres para llevárselas a los oídos. Pero en algún momento se olvidó de hacerlo y simplemente continuó mirando la escena, con los brazos muy cruzados, a la vez que arrugaba la frente.

¿Era normal, aquello?

La anciana francesa levantó uno de sus brazos regordetes, con rollos deformes de carne colgando. Edgar no entendió las palabras, pero sí su significado: ordenaba a alguien más a que se sumara a ayudar.

El guardaespaldas de Pryce, aquel gorila enorme, intimidante, desnudo como había sido traído al mundo, se puso de pie mecánicamente y trotó hasta donde se hallaba la horrible y enorme camilla de metal. Puso sus enormes manazas encima de los hombros huesudos de la mujer, aplastándola, sin siquiera aparentar que estaba siendo cuidadoso.

Edgar tomó aire. Pensaba: ¿era normal?

En los hospitales, ¿cómo hacían cuando una mujer tenía que parir? ¿Se requería, en cada unidad, un personal semejante, para controlar a la embarazada? No tenía experiencia porque no había estado presente en el nacimiento de su propia hija, pero el anciano supo que la respuesta era «no», porque no tenía sentido alguno…

Y cuando finalmente la embarazada abrió la mandíbula de manera antinatural, dejando entrever un cráter siniestro, palpitante y obscenamente grande que bajo ningún motivo era el tamaño natural de su boca, con sus mandíbulas fracturándose lentamente mientras el maxilar inferior se separaba aparatosamente del maxilar superior, escuchando aquel hórrido crujido de huesos, el señor Pryce y el embajador salieron disparados atrás, como si alguien les hubiera pegado sendos puntapiés. El guardaespaldas gritó de terror y cayó de culo, solo para arrastrarse desnudo hasta la anciana francesa, buscando protección como si fuera un niño.

Edgar tuvo una respuesta tajante a su titilante pregunta: no, no era normal.

El grito carnoso y desgarrador se convirtió, de repente, en un alarido monstruoso y profundo. Como si fuera la voz de un bebé colosal, cósmico, naciendo a golpes y cuchillazos.

Pero ese grito no había venido de ella. Se había entremezclado, que era distinto. Entremezclado y aplastado en comparación. El vientre se abultó hasta el punto que la carne no pudo resistir más y entonces, como tela desgarrada, comenzó a romperse.

El vientre explotó... y el cuerpo quedó cercenado en dos partes. La superior, con las tetas temblando mientras el torso caía de forma tosca y patética al piso, y la inferior, que cayó de nalgas al suelo y luego quedó de costado, con las entrañas derramándose lentamente por el piso, en un charco creciente de sangre.

Lo que quedó encima del mesón era un bulto palpitante de carne. Sangriento. De donde volvió a emerger otro rugido infantil y deforme. Siniestro y profundo como la historia misma.

Pryce se arrastró por el piso, arrodillándose de forma mansa y patética. El embajador hizo otro tanto. El doctor cayó toscamente sobre sus viejas rodillas y, sin importarle en lo más mínimo el dolor, comenzó a adorar a aquella masa de carne pulsante que había quedado encima del mesón.

La mujer sin rostro era historia. La habían olvidado por completo.

La *madame* francesa empezó a vociferar histéricamente, sollozando, en una mezcla inentendible de horror y alegría. Todos los demás quitaron el culo del piso y se pusieron de rodillas, adorando, como remedos de humanos, a aquella malformación pulsante.

Y en cuanto a Edgar…

Edgar se había meado encima.

El excandidato presidencial fue el único que se dignó a girar la cabeza para mirarlo.

—¡Arrodíllate! —chilló, jadeante.

El señor Pryce irguió su cuerpo desnudo y miró a Edgar. Respiraba con fuerza, como si estuviera exhausto. Como si la cosa sobre la mesa hubiera agotado, con su sola presencia, con solo existir, todas las energías del hombre. Sus ojos estaban rojos, su estómago se inflaba y desinflaba en una respiración frenética.

—¡Arrodíllate, Edgar! —gimió a los gritos.

La mente de aquel tipo estaba dominada por completo hacia aquel tumor colosal, fruto del vientre de la extinta doncella. Pryce no pensaba en cincuenta millones de dólares, ni en ninguna cifra imaginable. Ni tampoco Edgar, que había hecho lo impensable en esta vida por amasar fortuna.

Para el momento en que el amasijo de carne comenzó a desenvolverse, los llantos, los murmullos, las extrañas oraciones desconocidas que provenían de las bocas aterrorizadas de los presentes se acalló por completo.

De las lonjas de carne humana emergió el bracito de un bebé. Con sus diminutos, delicados dedos erectos. De entre ellos colgaban pequeñas remolachas de las entrañas de su madre.

Y entonces, por primera vez, lloró, como lo haría un neonato normal.

Los pétalos de entrañas cedieron, y se pudo ver a un bebé completamente embadurnado de sangre y grumos de carne colgándole. El cordón umbilical reposaba sobre su estómago y se entremezclaba en un pequeño pesebre de órganos rotos debajo de este.

Pedaleaba torpemente en la nada con brazos y pies, al menos hasta que giró lentamente la cabeza, *y los miró*.

Edgar no podía notar tantos detalles. La montura de sus anteojos estaba empapada de su propio sudor. Pero la criatura pestañeó, mirándolos a todos, en una extraordinaria muestra de autoconciencia imposible en un recién nacido. Y la manera en que lo hizo fue absolutamente horripilante.

Como un ángel que únicamente tiene la mirada como medio para hacerles saber la atrocidad inenarrable que acababan de desencadenar. Y las ganas de morir por no poder haber hecho lo imposible: frenar el paso de la biología, el acontecimiento del parto. Lleno de culpa hacia sí mismo por atreverse a nacer.

Pestañeó, y cuando lo hizo, sus ojos eran diferentes. Las venas de su esclerótica reventaban. Y de lejos, equívocamente, al menos para Edgar, parecía que los ojos se le habían tornado negros.

Cerró sus pequeños párpados con fuerza, y abrió su delicada boca lo más que pudo, arrugando todo su rostro. Estaba intentando gritar, pero en realidad, solo pudo vomitar sangre.

Eructando un gañido infantil que fue rápidamente ahogado por un crujido rocoso, el bebé simplemente se rompió en dos pedazos. Su piel se desgarraba como queso derritiéndose. Las piernitas, que desaparecieron por un costado de la mesa se movían dando patadas torpes. El torso comenzó a erguirse como si fuera una cobra sobre el mesón.

Una columna vertebral sangrienta y monstruosa empezó a estirarse, haciéndose cada vez más gruesa y fuerte. Se estaba originando un cuerpo de gusano enorme, sujeto por una espina dorsal que crecía apresuradamente y se enrollaba en el suelo primero como una serpiente colosal, y después, como algo más, algo sin parangón.

La cabeza del bebé se desfiguró, como el rostro de un cadáver que han sacado del agua. Se hinchó en un amasijo extraño de piel hasta que perdió sus facciones humanas. Algo dentro del cráneo crecía de tal manera que destruyó por completo el rostro como quien aplasta una escultura de cera. Se hizo enorme… hasta convertirse en una fístula del tamaño de un hombre, que colgaba de una columna vertebral.

Esta cabeza grotesca, sin forma, bajó suavemente, como si buscara encarar a todos los presentes.

Entonces la piel comenzó a descomponerse rápidamente, desprendiéndose como si fueran gotas de cera. Lágrimas de semen. Se ablandó y por debajo emergió una inmensa y desfigurada mandíbula con unos dientes imposiblemente largos y horrorosos, que se abrió bestialmente, rompiendo la carne que lo mantenía atrapado. Y eso le dolía. Tenía que dolerle, porque comenzó a gritar.

Y lo hizo con tal poder atronador, monstruoso e infinito, que Edgar cayó de rodillas al piso, no por adoración, sino por accidente, encogiéndose sobre sí, llevándose las manos a los oídos.

La aberración lloraba en toda la gloria de su nacimiento terrestre, con largos, desfigurados, desgarradores alaridos de dolor y rabia. Y su boca se hacía cada vez más grande, y las arrugas de su rostro se delineaban con rapidez. Una cabeza gigantesca, sin ojos, con una boca que parecía una bisagra capaz de dividirse en dos pedazos a través de una quijada colosal y monstruosa.

Y gritaba, y gritaba.

Había nacido, por fin.

Y continuaba creciendo a cada pulsación. Un amasijo incomprensible de carne cubría por completo el enorme mesón, apoderándose ahora del piso.

Luego de los llantos, comenzaron los rebuznos. Rebuznos colosales, cósmicos. Pero a ellos poco o nada les importaba. Gateaban hacia la bestia de manera imprudente, desnudos como estaban, amontonándose como animales. Sudorosos, con los ojos anegados en lágrimas. Retozando en el paroxismo complacido y fanático de una fe que demostró ser auténtica.

La anciana francesa era la única que estaba de pie, bailando. Sus pedazos de carne flácidos temblaban en el aire. Se había quedado completamente sorda. Los llantos de la abominación habían avasallado por completo sus tímpanos hasta matarlos. Pero eso no importaba porque la música estaba en su mente.

Un montón de culos desnudos se arremolinaban a sus pies, gateando hacia la bestia, como cucarachas, mientras que la cabeza de la abominación se movía lentamente, como si pudiera mirarlos a través de su enorme boca, dando una inquietante sensación de inteligencia...

Solo en ese breve momento de paz, Edgar se levantó, arrastrando la espalda contra la pared. Los cristales de sus anteojos estaban rotos. Su poco cabello, despeinado, como si hubiese acabado de revolcarse con alguna amante. Su rostro estaba impregnado de horror y sudor. Y requirió una fuerza de voluntad colosal para no entregarse a la locura. Para no dejarse abrazar por una senilidad repentina. Ya mucho era con que no le importase absolutamente nada salir y gritar a los cuatro vientos la naturaleza de su trabajo. De su oficio. De los pecados horribles que había facilitado por casi treinta años. De lo profundamente corrompida y pútrida que era su alma. De lo mucho que se iba a ir de culo y sin paracaídas al pozo más oscuro del infierno si este existiese.

Y al parecer, sí, sí existía.

Pero él solo quería salir de su torre. Quería correr. Echarlo todo a la mierda. No importaba. Ya no.

Se deslizó lentamente por la pared y, con una mano que temblaba sin control, aplastó el botón del ascensor repetidas veces.

Edgar fue capaz de sentir las poleas, las sogas y la maquinaria moverse detrás. Levantó la cabeza con infinito horror, aterrorizado por completo, para comprobar si los presentes se habían dado cuenta de que estaba intentando escapar de toda aquella maldita cosa para la que no existía palabra alguna o frase que tuviera remoto sentido. Menos aún cuando vio que el embajador ruso se metía plácidamente dentro de aquella boca inmensa, de aquellas fauces fuera de este mundo, y se acurrucaba adentro. Su peso hizo que secreciones extrañas se derramaran por los costados de la mandíbula, la cual se cerró lentamente, como una enorme trituradora, haciendo que salieran chorros de sangre por las costuras abiertas de la piel. La cabeza muerta del hombre, con los ojos en blanco, se deslizó acompañada de los hombros y un brazo, mientras el resto del cuerpo era masticado con sonidos largos y húmedos, como quien se pone a barrer agua.

Inmediatamente prosiguió un concierto de deleitados «ahhhhhh».

Otro hombre, más anciano y gordo, estaba de pie, firme como un soldado, desnudo como el resto, haciendo fila para ser el próximo en ser devorado, y tras él, con absoluta, decadente, perturbadora mansedumbre, otro tipo más.

Aun en la tempestad de locura que amenazaba con apoderarse de su mente, Edgar no pudo evitar racionalizar que estaba devorando únicamente a los hombres. Lamentó haber creído que las mujeres tendrían un destino mejor…

Mientras la columna vertebral que sujetaba la cabeza se erguía, con mayor agilidad, para tomar otro bocado, las mujeres se arremolinaban en torno, con sus tetas y sus rostros bañados en sangre, restregándose contra la piel aún sensible e irritada de la criatura. Edgar pensó en un principio que la estaban adorando. Pero cambió de idea rápidamente: intentaban provocarla sexualmente.

Intentaban que se apareara con ellas.

Así, estas parirían futuras bestias.

Edgar no dejó esfínter sin apretar. Víscera sin remover. Tuétano sin electrificar en su modesto, alicaído cuerpo: «será el fin del mundo».

La columna vertebral se deslizó a un costado y, caprichosamente, descendió sobre la cabeza de otro hombre. No lo mordió, pero sí lo chupó. Y eso fue suficiente para sacarle los ojos, arrancarle los dientes y cambiarle toda la piel de lugar al punto que su boca había quedado sobre lo que antes había sido la frente y la lengua se escapaba por el hueco de un ojo.

No podían dejar que ocurriese semejante desperdicio: el guardaespaldas, Pryce y alguien más cargaron el cuerpo inerte, ofreciéndolo a la bestia, quien se tomaba su tiempo. Su cabeza parecía cada vez más una calavera humana, vestigio genético de su madre.

Aquellos bocados de sexo masculino no eran un capricho… Edgar podía verlo con infinito, desesperado y desesperante pavor: *estaba creciendo.*

Ahí mismo, delante de sus ojos, delante de muchos ojos. Afuera de los ventanales el cielo se puso casi negro, con rasgos plomizos.

Uno de los hombres más ancianos tropezó, por todo el reguero de sangre y entrañas que había regado en el piso. Se lastimó. Pero entre otros dos lo sujetaron debajo de las axilas para ayudarlo a ponerse de pie y encarar a la criatura. Su bigote blanco temblaba.

Las puertas del ascensor, finalmente, se abrieron. Edgar quiso chillar de alivio. Se metió dentro, hasta rebotar torpemente con el espejo. Se acurrucó contra una esquina, abrazándose a sí mismo, con terror. Ninguno de los presentes se dio cuenta de aquello… pero la criatura sí.

La enorme bola de carne que se configuraba cada vez más en un amasijo cadavérico giró lentamente en el aire, sujeto toscamente por aquella columna vertebral de huesos y carne al rojo vivo.

Las fauces se abrieron, y entonces dijo su primera palabra: un susurro que despeinó a los presentes, en una lengua maldita y asquerosa. Quizá fue eso. O quizá, un simple sonido gutural. Pero muchos entendieron: hombres y mujeres se dieron la vuelta.

Y Pryce, como uno de los anfitriones principales de aquella locura, levantó un brazo de manera escénica y chilló: «¿¡A dónde vas!?».

Y eso fue lo último que Edgar vio, antes de que las puertas del ascensor se cerraran.

4

Edgar intentó no volver a perder el equilibrio mientras el ascensor lo llevaba a la planta baja. Continuaba abrazándose con fuerza a sí mismo. Le costaba mantenerse en pie. Tenía demasiado miedo para estar parado. Quería poder decir que no recordaba haber sentido tanto terror ni haber temblado tanto desde que era un niño. Pero lo cierto es que aquello, maldita sea, a sus setenta y tantos, no tenía precedente. Y entre tanto horror truculento, un pequeño espacio en él se sorprendió de que su corazón no hubiese explotado.

Las puertas del ascensor se abrieron; estaba en la planta baja. Pero había diferencias.

Las luces estaban completamente apagadas. Y la entrada al hotel tapiada por completo.

Habían colocado objetos enormes que sellaban la puerta giratoria y los cristales. Todo se veía negro desde ahí.

Se las habían arreglado para que otras personas cerrasen por completo y desde afuera el lugar. Lo dejaron sellado. Atrapado adentro. Y todo mientras él estaba allá arriba.

Edgar se precipitó con toda la agilidad que pudo entremetiendo medio cuerpo entre las puertas del ascensor. Lo estaban llamando desde arriba, con toda seguridad. Pero no se los iba a permitir. Hundió la mano alterando el switch de emergencia que detenía al aparato.

Para asegurarse aún más, empujó torpemente la silla que estaba detrás de la recepción y la entremetió entre las puertas del aparato. Fue cuando hizo eso que se dio cuenta de que Patricio estaba muerto, en el piso, justo debajo del mostrador. Había un charco de sangre debajo de sus cabellos mojados, su cara estaba aplastada contra su propia sangre. Le habían pegado un tiro en la cabeza.

Después de todo, el señor Pryce sí le había hecho trampa. Quizá pudiera tener cincuenta millones de dólares para quemar alegremente. Lo cierto es que Edgar nunca iba a utilizar ni un centavo de ese dinero. Ni de los tres millones que tenía en la oficina.

El anciano iba a ser comida, como todos los demás.

Dio un respingo y sus labios se abrieron para dejar salir un gemido desesperado cuando escuchó un distante retumbar que se sintió desde las paredes. La bestia había vomitado un alarido furioso. Lo pudo escuchar, increíblemente, desde ahí abajo. La enorme lámpara de cristal comenzó a menearse lentamente.

Al oír el suave rechinar del cordón, tuvo la nauseabunda certeza de que la criatura debía haber crecido *considerablemente más*.

Se llevó las manos a la cabeza, intentando no llorar.

El tiempo era limitadísimo. Si no podían usar el ascensor, entonces con toda seguridad bajarían por las escaleras.

Y no es que todos fueran jóvenes para hacerlo rápidamente. Pero entre ellos estaba aquel maldito gorila, ¿no es así? Ese sí podría bajar rápido.

Edgar se detuvo un momento, para echar un rápido, pío, avergonzado vistazo al cuerpo de Patricio. Arrugó el rostro, sollozando, y sin pensarlo más, echó a andar.

Cruzó la puerta que estaba detrás del mostrador. La cerró detrás de sí. Corrió con todas las fuerzas que pudo por el breve pasillo rumbo a su oficina.

Por un momento, sintió un renovado terror ante la certeza de que se habían logrado hacer con las llaves de todo el edificio, y que habían cerrado la puerta de su despacho. Pero no.

No habían logrado penetrar su modesto, pero muy eficiente sistema de seguridad. Lo único que los malditos habían hecho, improvisadamente, era tapiar la puerta corrediza de vidrio que permitía salir al patio trasero desde su oficina. No había manera de escapar.

Pero no era exactamente lo que tenía en mente.

Edgar cerró la puerta de su oficina tras de sí. Afuera diluviaba, podía escuchar el crepitar abundante de una lluvia terrible. Se dio media vuelta para ver la enorme pizarra del cuelga-llaves. Las habían secuestrado todas. No podía cerrar con llave la puerta de su propia oficina. Escupió una maldición.

Imaginando a un tropel de hombres desnudos trotando escaleras abajo, saltó hacia su escritorio, abrió la gaveta y presionó el botón que accionaba el mecanismo que hacía que este se moviera.

Funcionaba.

Y si funcionaba, era porque no lo habían descubierto.

El escritorio empezó a deslizarse, empujando el maletín con los tres millones de dólares, el cual cayó al suelo, abriéndose, derramando parte de una suma de dinero que nunca antes en la historia había sido tan irónicamente insignificante.

Edgar apenas tuvo la prudencia de actuar con la suficiente cordura para descender ordenadamente a través de las pronunciadas escaleras de caracol. Sus caderas rebotaron con el tosco pasamanos de hierro. Sabía que, en otras circunstancias, le habría dolido horrores. Activó el mecanismo. El escritorio se deslizó con una lentitud insoportable, tapando el hueco. En ningún momento dejó de sentir el insoportable horror de imaginar que abrían de golpe la puerta de su oficina y lo descubrían.

Pero afortunadamente, le alcanzó el tiempo.

Intentó contener la respiración, cosa que le costó una barbaridad, porque si algo necesitaba ahora, era el salbutamol para controlar la taquicardia.

Se movió suavemente y, costándole muchísimo más que en

cualquier otra ocasión, con sus manos temblando incontrolablemente, le dio vuelta a la silla giratoria y se sentó.

Se giró de nuevo frente a la computadora… colocó los codos sobre los muslos, temblando con pavor. Sus manos se meneaban patéticamente sin control.

Escuchó voces arriba. Estaban ya en el mostrador del hotel. Había varias personas. Reconoció el tono de voz de Pryce entre ellos.

El anciano se limpió una lágrima con la palma de la mano e, intentando mantener la compostura, alargó un tembloroso brazo, colocando los dedos sobre el *mouse* de la computadora.

Ya lo sabía por el temible ícono que se asomaba en la esquina inferior derecha de la pantalla. Pero tenía que comprobarlo en un último acto de estúpida esperanza. No había conexión a Internet.

Se habían encargado de eso, también.

No se molestaron en buscar un módem ni un *router*, que, en este caso, reposaba detrás de la computadora y cuyas luces titilando torpemente hubieran podido adelantar lo que Edgar se demoró en comprobar. Habían usado algún otro mecanismo mucho más sofisticado. Probablemente el mismo que tenía la limusina de Obama cuando había visitado al país. Un maldito dispositivo que cortaba las señales de los teléfonos celulares hasta determinada distancia. Aquello que estaban usando en su hotel era, con toda probabilidad, incluso más sofisticado.

Solo habían mantenido la corriente eléctrica. Para el placer de sus majestades, al menos de lo que durase sus miserables vidas.

Abrieron la puerta de su oficina como si fueran los dueños y señores del despacho. Y lo eran. Hombres desnudos se arremolinaron dentro. Escuchó quejas en otro idioma. Palabras hostiles y maldiciones. Edgar miraba con miedo y resignación a un techo oscuro. Su rostro apenas iluminado por la fría luz del monitor de la computadora y el adorno de neón. No eran estúpidos: ellos sabían que Edgar seguía ahí, en algún lugar.

Pryce ladró una orden. Varios hombres salieron del despacho… en el peor de los casos, supondrían que una vez en planta baja había tomado las escaleras al primero o como mucho, segundo piso, para esconderse en algún lugar. De un modo o de otro, en teoría, no deberían demorar en atraparlo.

Las paredes crujieron. Se cayeron varias arriba, en la oficina principal. La abominación había vuelto a rugir.

Desde los edificios adyacentes debían haber escuchado semejante barrido sísmico, abominable, poderoso. Debía haber mucha gente asustada afuera. Quizá, incluso, había producido choques de autos. Pero aquello era un país del tercer mundo. Edgar no podía creer que se hallaba pensando dentro de un escenario apocalíptico: pero juzgó correctamente que, para el momento en que las autoridades siquiera se dieran cuenta de qué estaba pasando, sería demasiado tarde. Quizá, de hecho, en su deficiencia histórica y supina, jamás llegarían a darse cuenta.

Miró hacia arriba, con el labio inferior temblando.

Y no tardó en darse cuenta de que ahora solo había una persona en su despacho. Caminaba lentamente.

Pryce había encendido la luz. Afuera llovía a cántaros. Se escuchaban los truenos que de vez en cuando incendiaban el manto de nubes plomizo. El día se había hecho, casi literalmente, noche. Y dado que la puerta-ventana de la oficina estaba tapiada, tuvo que encender la luz.

El magnate, ahí desnudo como estaba, tuvo que entornar los ojos, dado que la luz lo encandilaba.

Volvió a escucharse un grotesco, abismal rugido. Su oído derecho todavía funcionaba. El izquierdo había quedado irremediablemente dañado.

Con magnífica calma, y sus flácidas nalgas moviéndose lentamente, se posicionó tras el escritorio de Edgar, no sin antes pisar varias fajas de dinero.

Puso la palma de la mano sobre el mesón y lo deslizó lentamente sobre la madera. Pryce levantó la cabeza para mirar las paredes. El techo, el piso…

Se habían caído muchas cosas al suelo. El desorden era monumental. Pero dudaba que bajo los libros y los cuadros de arte barato hubiese nada interesante.

El hombre confiaba en el trabajo que había ordenado hacer. El edificio estaba sellado. No podía haber salido nadie. Y un anciano como aquel… ¿precipitarse escaleras arriba, a ver si se escondía en alguna habitación? No tenía llaves de ningún lado. También se había asegurado de que se encargasen de eso.

Su pie descalzo apartó unos bolígrafos que se habían salido de un vaso de plástico caído. Despreciaba esa vulgaridad tercermundista, pero no el intelecto de su oponente. El viejo era listo, y Pryce sabía apreciarlo.

Metió la mano debajo del escritorio y deslizó suavemente la yema de los dedos desde un extremo hasta el otro… sin el menor pudor ni la preocupación de toparse con algo asqueroso. Un poco de goma de mascar. Un moco, quizá… o a lo mejor…

Abrió la gaveta y sus dedos palparon el interruptor.

Pryce sonrió con picardía.

—Señor Borges…

Edgar ahogó un gemido de terror, mirando hacia arriba.

—Señor Edgar Borges —enunció claramente Pryce—, ¿me escucha? Yo creo que sí.

Dicho esto, le dio varias palmadas al escritorio.

—Voy a accionar el interruptor, si no le molesta.

Edgar cerró los ojos y acarició su propia frente con desdicha. El ruido mecánico y gemebundo comenzó a escucharse. Y su cabeza, muy lentamente, fue iluminada por un haz de luz que vino de arriba, cortada por la terrible, poderosa silueta de un caballero desnudo.

Miró al anciano acurrucado allá abajo, en su silla.

—¿Sabe por qué me tomé la molestia? —preguntó, metiéndose el dedo meñique para rascarse un oído, intentando no hablar muy fuerte, dado su recién adquirida sordera—. Porque esta vendría a ser la última cacería de mi vida. ¿Vio?

Edgar levantó lentamente la cabeza, y lo miró.

—Da igual que se quede aquí, hombre. Va a morir hoy. Ya se lo dije. Pero preferiría que colaborase. ¿Le importaría volver a subir? Necesitamos a todos los hombres. Cada uno es valioso.

—Váyase a la re mil puta que lo parió. Bastardo. Maldito.

Pryce sonrió.

Y así, atrevido como era, comenzó a descender por la escalera de caracol. Se escuchaban los sonidos metálicos y huecos que provocaban sus pisadas.

—Una vez mi padre me dijo algo de niño que me impresionó mucho. Era algo que para hoy sería muy, muy políticamente incorrecto. ¿Sabe? Fue: «No todos los hombres están al mismo nivel. Hay leones y hay ovejas. Las ovejas no tienen importancia alguna. No hay que molestarse con ellas, solo las arreas, las manejas, las usas, las barajas… y las reemplazas».

Pryce arrugó la cara, mirando hacia la nada, desde el último escalón que faltaba antes de estar frente a Edgar.

—En español suena tan terrible como en mi lengua madre —señaló.

Pestañeó, miró a Edgar, y volvió a sonreír, como si recordara de pronto que estaba feliz.

—Lo felicito. No nos había sido fácil averiguar su apellido. «Borges». Apuesto a que ni su ayudante lo sabía, luego de tantos años.

Dicho esto, descendió el último escalón, y se puso frente a Edgar, quien permanecía sentado. El pene del hombre estaba desagradablemente cerca de su cara.

—Le suplico que no me tiente a averiguar si puedo dominarlo. Puedo hacerlo. Se lo aseguro.

Si ofender a un hombre como Pryce no era sencillo, Edgar consiguió la manera de forma admirable:

—¿Qué es esa cosa horrible, de mierda, que está allá arriba?

La cara de Pryce se transformó. El anciano tuvo miedo de ser golpeado.

La respuesta del caballero fue, sin embargo, calma, con un tono de voz piadoso:

—Dios.

Edgar intentó no romper a llorar. El labio inferior le temblaba incontrolablemente. Se limpió con el dorso de la mano y se acomodó los anteojos.

—Quizá no ahora mismo —prosiguió Pryce—, pero sí en unas cuarenta y ocho horas a partir de ahora.

Como si la abominación supiera que estaban hablando de ella, vomitó un rugido infinitamente hórrido, bifurcado y monstruoso, que hizo temblar la torre. Las cañerías regurgitaron. La costra de las paredes empezó a desprenderse a grandes pedazos. La electricidad se perdió por segundos. Los vidrios crepitaron. La abominación *había crecido mucho más.*

—Entonces ninguna fuerza sobre la faz de esta Tierra podrá detenerlo. Ni mucho menos nada creado por el hombre.

Pryce subió la cabeza y contempló, como si aquel horrible techo negro fueran las estrellas.

—Se apoderará del mundo entero, como una araña Goliat lo hace con un balón hueco abandonado en medio de la nada. Y desde ahí, tendrá el poder suficiente para enviar su progenie a otros mundos… tal como llegó al nuestro.

—¿Cómo es que no destruyó el mundo desde entonces?

—Porque a pesar de que llegó al planeta como un embrión, un feto, una semilla, el viaje le debilitó terriblemente. No tiene usted idea alguna de lo lejos que viene. Océanos cósmicos. Llegó de Messier 84, o Galaxia M84, si prefiere.

Edgar arrugó la cara.

—Creí que era un demonio.

—Y en parte lo es —explicó Pryce— si sigue usted las visiones bíblicas, abrahámicas o no… Si abre su cabeza, su mente, bien podría considerársele un demonio. Yo prefiero pensar que es Dios. En algún lugar impensable del cosmos, un paralelo a nuestra criatura, que probablemente devoró toda forma de vida, es más un Dios de lo que cualquier texto sagrado, en cualquier religión, en cualquier tiempo de la historia de este mundo pueda tan siquiera empezar a prever en su más mínimo estertor. Tus creencias no son nada. Tu Dios no es nada. Solo existe «eso». Y eso te espera arriba. No somos nada más que alimento pasajero para su fin ciego y supremo.

Pryce se inclinó para introducir su mano toscamente debajo de la axila de Edgar, obligándolo a ponerse de pie.

—Es un desafío explicárselo en un idioma que no es el mío. Deme méritos. Pero algo admito: jamás me cansaré de hablar de ello. Ni siquiera ahora, en lo poco que me queda.

Empujó a Edgar de forma brusca.

—Suba.

El anciano tropezó y cayó de cara contra las escaleras. Gimió del dolor. En respuesta, Pryce simplemente lo tomó del cuello del buzo y lo obligó a ponerse de pie.

—¿Por qué? —Lloró Edgar—. ¿Por qué hace esto? ¿Por qué?

Pryce se tomó tanto tiempo antes de contestar que el anciano pensó que lo había ignorado por completo. Para el momento que comenzó a hablar, ya estaban cruzando la puerta de la oficina. La escena de él caminando con una pata mala, debido a su caída, seguido por un sujeto alto, de cincuenta y tantos, desnudo completamente, erguido y orgulloso como un Atlas, era escalofriante.

—Usted reconoció al candidato presidencial. Excandidato —se corrigió, con cruel burla—. ¿Verdad?

Edgar pestañeó, mirándolo, como una presa miraría a un depredador.

—Muchas veces dijo que había pasado toda una vida preparándose para ser presidente. Pero tras un complicado juego de intrigas, puñaladas por la espalda y acciones rastreras, inclusive por parte de sus aliados, ese sueño se vio truncado. Y no es como si un político no sea perfectamente capaz de aguantar una traición. Pero en su caso, fue particularmente truculento. Especialmente venenoso. Nunca lo perdonó. Cambiando de personaje… ¿recuerda al doctor? Un eminente cirujano. El mejor. Sus hijos no lo quieren. Y eso sería quedarse corto: lo desprecian abiertamente. Su hija, de hecho, publicó algo horrible contra él en el *New York Times*. Solo por hundirlo le acusaron de pedófilo, a pesar de que sé muy bien que no lo es. ¿Y qué hay de aquel anciano, que iba en silla de ruedas? Otro que está a punto de estirar la pata. Su mujer y sus hijos murieron todos cuando su *jet* se precipitó a tierra. Y todo el mismo día que estaba en el otro lado del mundo, velando a su hermano. ¿Y el otro caballero? Tenido como un eterno pasmarote por sus partes. Un tonto. Un idiota. A pesar de que labró una billonaria fortuna. Ha estado treinta años de su vida criando un resentimiento colosal. En su familia lo tratan de estúpido. Sus pares lo hacen objeto de toda burla. ¿El magnate de Silicon Valley que posiblemente usted ni siquiera reconoció? Le quedan tres meses de vida.

Pryce torció el cuello, sonándoselo.

—Le quedaban —se corrigió—. Probablemente ya haya muerto.

—¿Y usted?

Eso lo tomó por sorpresa como una picadura de serpiente. Movió los ojos para observar a Edgar.

—¿Por qué hace esto?

La bestia ya no rugía… sino que vomitaba imposiblemente largos y descomunales barridos. Esta vez, el suelo tembló. Pryce tuvo que alargar un brazo para apoyar la mano en la pared.

—No me arriesgo a tomar el ascensor. No ahora —terció, poniendo la mano sobre la puerta metálica del mismo, sintiendo las vibraciones que venían de arriba—, pero estamos a tiempo de subir por las escaleras, antes de que la estructura ceda.

Dicho esto, le dio un manotazo a la pesada compuerta. Los escalones de concreto no podían tener un aspecto más lúgubre, en la semioscuridad, con la luz eléctrica parpadeando a cada segundo. Polvo de mampostería llovía del agujero entre los escalones.

Edgar se acomodó los anteojos, mirando hacia arriba.

—Un último esfuerzo de hombre, de macho —le pidió Pryce—. No me haga arrastrarlo.

Alguien se asomó por la baranda de uno de los pisos de arriba. Edgar entendió lo que alguien, allá, gritó en inglés. Pryce contestó «*I got him*». Se referían a él como si fuera un perro.

—Quizá no deba decir esto, Borges, pero… lo felicito.

Dicho esto, lo empujó toscamente por la espalda, para que empezara a subir.

—Cualquier otro se habría hecho un ovillo gritando, como un niño. En cuyo caso —agregó, con malicia—, me vería obligado a llamar al grandote para que le rompiera todos los huesos y lo llevara arrastrando de todos modos.

Edgar lo miró de arriba abajo con dignidad.

—Hijo de puta —siseó.

Pryce hizo una reverencia.

—Usted también tiene miedo.

—Oh, ¡pero claro que lo tengo! —exclamó con paciencia—. Pero ya vio cómo somos los anglosajones. Más estoicos. Más dignos que ustedes. Y en mi caso, yo entiendo que todo esto se hace por un bien mayor.

Al oír aquello último, Edgar no pudo evitar girarse sobre sí mismo con los pies precariamente apoyados sobre un escalón, asiéndose como podía del pasamanos.

—¿Un bien mayor? ¿Qué bien mayor, bastardo infame y degenerado?

—El de poner punto final a todo esto —replicó Pryce, como si fuera obvio—. Al menos yo lo veo así. Admito que otros… —Volvió a temblar todo el edificio. Se escucharon cosas caer de todos lados—. Lo hacen por odio —prosiguió—, por venganza. Y hay quienes, adicional a ello, lo hacen por pensar que, en algún lugar, quedarán registrados sus nombres y apellidos, que serán más importantes que Midas, Nabucodonosor, Siddharta, Gautama y Cristo. Que el Anticristo. Que cualquiera. Ellos fueron quienes propiciaron el fin de los tiempos.

Subieron varios peldaños más antes de que Pryce añadiera:

—Hay uno entre nosotros que siente mayor placer superando a Hitler, por su contribución a la historia. Un hombre de su edad debiera saber que el odio y el ego pueden ser infinitos —concluyó, de manera paternal—, y hay mucho de eso, acá. Pero no es como si una conversación pudiera resumir años de historia, convencimientos, ideales y mucho, mucho dolor, señor mío. El punto es que lo hemos hecho, y aquí estamos. Ganamos.

Edgar sorbió por la nariz… y usó la fuerza de sus brazos para saltar un escalón. El dolor en su rodilla se derramó por toda la pierna.

—Nadie va a ganar.

Pryce se encogió de hombros con cruel y sabia indiferencia, y eso terminó el debate.

Edgar gemía a cada paso dificultoso escaleras arriba. Se asía al pasamanos con ambas manos. Subían lentamente. Cada ventanal, entre piso y piso, dejaba ver que afuera diluviaba. Ya era de noche.

—¿Quién era esa mujer? La embarazada.

Pryce se lamió los dientes por dentro de la boca. Se tomó su tiempo, pero respondió a la pregunta, a su manera:

—Al principio, era un embrión sin útero, sin nada que lo protegiera. Había sobrevivido muchos años, dada su extraordinaria capacidad para adaptarse. Su extraordinario poder. Pero se estaba pudriendo, y no había nada que pudiéramos hacer para protegerle. Era algo no más grande que un gato, entonces. La mujer a la que usted se refiere fue fecundada por el embrión. Embarazada por él. Y en cuanto al aspecto que ella tenía, bueno… no fue algo agradable. Fue un acto obsceno y violento. Ella quedó así después del coito. Por poco se muere. Pero pudimos salvarla por un pelo. Teníamos a los médicos ahí. Y lo más importante: estaba embarazada. Era lo que necesitaba para empezar de nuevo. El embrión murió pocos días después.

El anciano arrugó la cara con asco:

—¿Cómo se les pudo ocurrir algo así?

—A nadie se le ocurrió. Fue «eso» quien nos lo dijo. Nos dijo que era necesario.

—¿Quién?

—«Eso». El embrión, señor. Nos lo dijo. ¿Cómo cree que sé todo lo que le he venido explicando? «Eso» nos hablaba.

Alguien, varios pisos más arriba, se asomó por el vacío, vociferando con regocijo:

—¡Está enorme!

Y como antesala, justo en ese momento, comenzó a escucharse un coro lejano, pero muy profundo, de sirenas. Policías, bomberos, todo lo que hubiera.

Pryce sonrió con picardía, mientras empujaba al anciano para que subiera los próximos escalones.

—Algo reconozco: su pocilga tercermundista parece estar enviando a la caballeriza mucho antes de lo que yo tenía estimado. Se van a llevar una pequeña sorpresa —terció, con placer—, me apena mucho, Borges. Una bomba atómica habría dolido muchísimo menos que lo que nos espera. Pero me temo que pasarán muchas horas, quizá más de un día, para el momento en que se convenzan de hacer eso. Si lo hicieran ahora, sin perder más tiempo… ¡quién sabe! Salvarían al mundo.

A Pryce le daba placer jugar a la cuerda floja. Una mezcla morbosa entre la obsesión de lograr un objetivo sintiendo el placer del riesgo mínimo.

El anciano giró la cabeza, suplicante.

—¿Qué? —intentó leer Pryce, con abierto sarcástico desprecio—. ¿Quiere que le alcance un teléfono para llamar al Pentágono así hacen el milagro? Si quiere puedo dejarlo intentarlo, viejo idiota. Imagínese nada más…

Se oyó un grito de dolor de arriba. Los cimientos de la torre volvieron a temblar, y esta vez, para horror de Edgar, sintió que toda la estructura se movía. Hubo un temblor suave, seguido por otro moderado. Escuchó el horroroso sonido del concreto rompiéndose.

—Déjeme ir —reventó Edgar—. No me necesita. Simplemente déjeme en paz. Ya ganó. No puedo hacer nada. Así que…

Recibió un rodillazo en la boca del estómago. Pryce tenía sus años, pero se conservaba ágil. Edgar sintió cómo los dedos largos del hombre se hundían en la carne frágil de su hombro y su cuello, enterrando sus uñas.

—Siga adelante, Borges —ordenó, mirando hacia arriba, contemplando cómo la bestia derramaba sus extremidades por el vacío—. Servirá al primer y único propósito digno de su miserable existir.

5

En el último piso de la torre, el lugar donde se había celebrado el evento, los vidrios habían reventado. El techo se había derrumbado y los escombros se habían derramado al vacío. Solo quedaba una pared lateral en pie, que confería al lugar un aspecto derruido.

La ciudad estaba a oscuras: la luz se había apagado en toda la urbe. Pero la luna brindaba la suficiente claridad bajo el cielo plomizo para divisar aún su compleja, barroca silueta en penumbras. Las calles se hallaban llenas de luces y de sirenas, estas últimas girando estúpidamente en puntos lejanos, sin servir a ningún propósito útil.

La boca de la puerta era ahora una grieta; Edgar y Pryce emergieron por ella.

La brisa helada despeinó a ambos. Y ambos, también, escucharon un latido profundo, sobrenatural. Como un corazón colosal, titánico, más grande que la bóveda del cielo.

En el centro de lo que ahora era el piso máximo de la torre, se hallaba un círculo negro, dentro de este, la cabeza del monstruo, ahora una cáscara muerta, sobresalía del piso con la boca abierta. Como si fuese un pulpo de un millón de tentáculos, un sol negro con infinitos brazos, un laberinto inexpugnable de várices, venas y tubos pulsantes sobresalían de toda su circunferencia. Ahora el piso, una protuberante amalgama laberíntica y palpitante, estaba hecho de la bestia. Y cubría por completo la torre. E invadía otras torres aledañas e incluso ya llegaba hasta la calle. Cordones húmedos y colosales, como saliva negra, colgaban entre los edificios. Era una especie de telaraña monstruosa, carnosa, extraña como el cosmos.

Del centro, de donde la cabeza muerta sobresalía con la boca abierta de manera descomunal, colgaba, suspendida en el aire, una luz sobrenatural con forma óvala, que emitía un sonido suave y fluctuante, como de una copa siendo frotada. Parecía un capullo gigante. Un sarcófago extraterrestre hecho de aura.

Y como si el planeta supiera lo que estaba pasando, se escuchaba una brisa profunda de abismo, hórrida, ominosa. Como un llanto.

Ya no quedaba nadie vivo. Solo Edgar y Pryce; este último cayó de rodillas en sumisión patética.

—¡Phegoriat! —chilló—. ¡Nemrot, AltaYzar! ¡Sangrallanthu!

La luz comenzó a brillar. Edgar se ajustó los lentes con una mano que temblaba sin control. Los cristales, rotos, reflejaban las tonalidades incoloras de aquella extraña presencia etérea.

El sarcófago de luz empezó a retraerse sobre sí mismo, abriéndose lentamente como un capullo fantasmal y de adentro se erectó una extremidad enorme, negra, de contextura musculosa. Aquella extremidad, que aún se vomitaba a sí misma lentamente fuera del sarcófago de luz suspendido en el aire, había sobrepasado con creces el espacio de su recipiente. Y lo seguía haciendo, más y más. Era como si estuviera emergiendo de otra dimensión. Edgar pensó, fugazmente, como un pequeño haz de luz en un maremoto de terror, que aquello no tenía lógica, ni sentido. Pero ya no importaba. Y esa realización lo hizo romper en llanto.

—¡Oshrregagorn! ¡Anorashrath! —gimió servilmente Pryce, estrellando su frente en el piso. Indigno de mirarlo con sus propios ojos—. ¡Mil nombres, mil Apocalipsis en todo, todo el cosmos! ¡Consúmeme! —suplicó, a los gritos—. ¡Consúmeme!

El llanto-oración de Pryce continuaba, volviéndose cada vez más oligofrénico y servil.

Desde algún punto invisible en aquel pantano circular y cósmico sobre el que se hallaba suspendida aún la luz, emergió, de algún pozo infinito, una extremidad fibrosa y negra, que se extendió anómalamente y tomó a Pryce por las piernas. Habría sido correcto, en alguna otra circunstancia, decir que lo tomó de un tobillo. Pero aquellos extraños dedos colosales lo asieron sin problema de las piernas y lo levantaron como si fuera un pequeño, insignificante, cerdo.

Pryce gritó, histérico. Su cabeza se volvió a golpear. Ahora colgaba boca abajo, mientras era levantado en el aire. Su pene colgaba como una pequeña manguera, sus brazos se abrieron como si fuera un Cristo.

—¡Consúmeme! —rebuznó, fuera de sí—. ¡Consúmeme, por favor!

Sin embargo, aquel brazo anómalamente largo lo llevó hasta el extremo de la torre y lo dejó caer al vacío. Edgar intuyó que a la abominación le molestaban los gritos de Pryce, quien cortó su última palabra: «consúmeme», reemplazándola por un grito de horror e indignación.

Pronto, el viento volvió a silbar.

La extremidad que seguía deslizándose fuera del sarcófago de luz comenzó a maniobrar suavemente, descendiendo. En su punta, tenía adherida una especie de saco pesado, que cargaba como si fuera una bolsa de té.

Al descender y acercársele, Edgar no tardó en entender que esta extremidad era en realidad una persona… o algo similar, colgando boca abajo. Como una figura religiosa maldita.

Era inmenso, pero ambiguo. Y aunque la mente del anciano era un amasijo de terror que reptaba hacia la locura, no podía notar ningún rasgo que claramente le hiciera comprender si estaba ante algo femenino o masculino. Era como si estuviera bañado en brea. Completamente negro y chorreante.

Cuando vio maniobrar al colosal tentáculo, acercándose rápidamente, como una serpiente hambrienta, Edgar gimió y cayó de culo al piso.

Un escombro se le incrustó en el muslo y lo cortó. El dolor fue insoportable. Se enjugó las lágrimas con la palma de una mano. Le temblaba tanto que hizo saltar sus anteojos.

Comenzó a arrastrarse hacia atrás a medida que el tentáculo que cargaba a aquella figura invertida maniobraba a pocos centímetros del suelo, acercándosele rápidamente.

Un manto de tinieblas cubrió por completo la ciudad, que ahora, desde ahí, desde aquella torre, parecía más un trono del mundo que una simple estructura que había intentado pasar desapercibida durante buena parte de su existencia.

La luna, llena, apenas bañaba de plateado los tumultuosos, pulsantes cúmulos que se arremolinaban en el cielo, como si fuera una olla hirviendo.

Edgar supo que, si seguía echándose hacia atrás, huyendo de aquello, se iba a caer por el extremo del edificio. Sufriría el mismo destino que Pryce. Pero no le importó. Solo quería que el momento llegara.

No tuvo suerte… su espalda se topó con una columna a medio destruir. No había escapatoria.

Aquella forma humanoide invertida quedó suspendida en el aire, a muy breve distancia de él. Sus piernas terminaban en lo que debía ser un tumultuoso bulto de carne, como si la piel de los tobillos hubiese sido soldada para unirlos, aprisionados por una especie de grillete.

Edgar parecía haber envejecido muchos años. Y su piel había perdido color. Miraba con horror hacia arriba… sus ojos se movieron para ver cómo aquello descendió, y se posicionó cara a cara, con él.

Entonces pudo ver mejor su rostro… y deseó morir.

La forma humana era solo un vestigio de su madre terrenal. Porque el rostro no era humano. No tenía ojos. Solo cuencas vacías. Pero aun así, tenía una propiedad que lo hacía algo peor: era consciente.

Tenía una boca. Sin labios. Una grieta circular, desde donde se asomaban dientes inmensos, largos, cerrados firmemente unos sobre otros, en una expresión rígida y demente. Y Edgar temió, por un momento, que lo fuera a morder.

La realidad probó ser, en aquella azotea destrozada, lugar del inicio del fin del mundo, con una brisa quejumbrosa y una ciudad devorada por una penumbra confusa, que aquel ser solo exploraba a Edgar de cerca. No tenía emociones. No gesticulaba. No había rasgo de personalidad alguno. Pero lo exploraba. Aquella masa desfigurada lo exploraba.

Cerró los ojos y entreabrió los labios, como un mártir. ¿Qué estaría pasando en el interior del país? ¿En Estados Unidos y Europa? ¿En Asia y Oceanía? ¿Estarían viviendo normalmente, siguiendo sus vidas con naturalidad y sin resquemor, ignorantes de lo que se les venía? ¿O las gentes de otras latitudes remotas del hemisferio ya sentían, cuando menos, que algo estaba *terriblemente mal*?

Si así fuera, entonces ¿serían escuchadas sus plegarias?

NO.

Edgar dejó salir un patético gemido. Una voz potente, que ensordeció y machacó su alma, le hizo sentir un dolor similar al de ser golpeado con fuerza en el estómago.

NO EXISTE NADIE ESCUCHANDO LAS PLEGARIAS. NO HAY NADA.

El anciano pestañeó y las lágrimas bajaron por sus mejillas.

—¿Me puedes entender? ¿Eres tú quien me habla? —gimió, lastimosamente, en una voz tan baja que era ahogada por la brisa abismal, incluso para sus propios oídos.

SÍ.

Edgar sollozó.

—¿Entonces quién nos escucha a todos?

Aquellos ojos vacíos no demostraron un ápice de emoción. El rostro completamente inmutable, encarándolo boca abajo.

NADIE LOS ESCUCHA.

El anciano lloró por un largo rato. Finalmente sorbió por la nariz y trató de enjugarse una lágrima con la manga.

—¿Y quién está ahí, más allá del universo?

NOSOTROS.

Aquella realización estaba más allá de él. Más allá de su humanidad. Y más allá de lo que estaba dispuesto a tolerar. Edgar simplemente suspiró, con el pecho tembloroso.

—¿No tendrás piedad?

La respuesta no fue certera. La respuesta fue, esta vez, arcaica:

PIEDAD.

—Apiádate de mí.

¿QUIERES QUE YO SEA AQUELLO A LO QUE USTEDES REZAN?

Edgar volvió a pestañear, sus mejillas estaban anegadas en lágrimas. Respiraba por la boca.

—¿Te refieres a ser Dios? De acuerdo. Si en verdad todo lo puedes, hazlo. Selo. Sé Dios.

SÉ TODO DE TI.

—De acuerdo —repitió el viejo, levantando la voz—. Sé Dios.

SÉ TODO DE TI, EDGAR, repitió, como si fuera una advertencia.

—¡Está bien! ¡Por favor! ¡Sé Dios!

TE IRÁS A UN LUGAR PARALELO. HAY MUCHOS. Y PUEDES OCUPAR UNO.

—Dios… Dios mío.

NO ES LA PRIMERA VEZ QUE TÚ Y YO HABLAMOS. ESTO SE HA REPETIDO MUCHAS VECES. SIEMPRE TE VES DISTINTO. Y CON FRECUENCIA TERMINA ASÍ.

Un ser humano cualquiera, más uno de su edad, y más a uno como Edgar, le habría costado ponderar aquello. Otra realidad, un «lugar paralelo». Pero no en ese momento. No cuando había estado colgando en el abismo de la locura. Levantó aún más la voz:

—SÍ.

Nunca antes había sentido algo así: el peso más grande y enloquecedor del mundo se levantaba, así de pronto, de sus hombros. Edgar quería saltar. Quería de pronto hacer un millón de promesas de las que luego uno suele arrepentirse.

Y sucedió algo aún mejor: recordó algo importante.

—¡Espera! —chilló—. Espera, por favor…

La figura permanecía inmóvil, frente a él…

—Quiero que me lleves con mi hija y con mi nieta. Es todo lo que te voy a pedir. Que ahí esté mi hija y mi nieta. No quiero que terminen aquí. Te lo suplico. Por favor.

Sopló el viento…

6

¿En qué momento había sucedido?

Edgar no esperaba ver luces. Túneles del limbo. Presencias incandescentes. Pero aquello había sido decididamente anticlimático.

Lo recordaba todo, sí.

Pero ahora estaba acostado y, definitivamente, en otro lugar.

Bajo su cabeza había una pequeña almohada.

Y cuando abrió más los ojos, pudo definir dos figuras.

Y supo entonces quiénes eran. Y se permitió fantasear, de pronto, con que el deseo estuviera completo, con que el final fuera decididamente feliz: que su hija por fin le hablara.

—¿María?

Intentó sentarse. Pero no pudo.

Y no pudo porque sus muñecas y sus tobillos estaban asidos por grilletes. Lo reconoció no porque pudiera verlos, sino por el sonido que hacían. Le era algo familiar. Lo recordaba.

—¿María?

Pestañeó y sus ancianos ojos se adaptaron, poco a poco, a la oscuridad: su hija estaba en una camilla contigua, mirando al techo.

Se hallaba desnuda. Y una persona alta, gorda, apareció para desamarrarle los brazos.

Cuando el tipo se apartó, Edgar pudo verla mejor: María tenía el pescuezo rebanado y se abría como una boca sangrante, sujeta apenas por un colgajo de piel que resistía a duras penas como pegamento entre las dos mitades del cuello cortado.

Su pecho era plano y sanguinolento. En un receptáculo de vidrio, alguien había puesto sus tetas cercenadas, que reposaban entre un amasijo de dedos, que sin duda también habían sido de su hija.

El viejo comenzó a gritar.

Divisó la luz roja de una cámara que lo filmaba. Otra cámara apuntaba directamente a una niña que dormía, y que también estaba amarrada, en la tercera camilla de más allá.

A un costado de la habitación oscura se hallaba una computadora vieja con un chat que le era bastante familiar.

El viejo volvió a gritar, esta vez más fuerte. Y más, y más. Mientras, el sujeto de la máscara tomaba un martillo de la caja de instrumentos y se acercaba lentamente, jugando con el instrumento entre los dedos, a la niña:

—¿La cara del martillo o las orejas de atrás? —exclamó, en voz alta, para hacerse escuchar.

Las votaciones comenzaron a aparecer en la computadora.

El sujeto se colocó tras la camilla de la niña, frente a su cabeza, asió el martillo con ambas manos y lo levantó en el aire…

Edgar gritó y gritó y gritó.

Lo que golpea la compuerta

1

Luego de un tiempo estimado de 4 horas con 59 minutos, la cápsula espacial Zhang Xiu Ying le daba la tercera vuelta a la Tierra, orbitando a una velocidad promedio de 17.000 kilómetros por hora.

Eran las 18:00, tiempo de Beijing. A Li Jie, sin embargo, eso le importaba poco menos que un pepino.

Habiéndose despedido de sus compañeros hacía al menos diez horas, a quienes había dejado en una órbita superior en la estación espacial Shenzhou, llevaba ya 120 minutos intentando estar lo más cómodo que podía estar un astronauta en una cápsula. Lo que desde luego no era mucho decir. Lo que más detestaba Li Jie era el tema del aseo personal. En especial después de hacer el «número 2» en un detestable y precario inodoro espacial.

Pero a pesar de que era un hombre cínico, escéptico, sarcástico y extraordinariamente pragmático como solo un chino podía llegar a serlo, había, sin embargo, una pequeña vocecita en la cabeza que le decía «por lo menos estás mejor que los tipos de antes».

Los tipos de antes, de hecho, no sabían ni siquiera si iban a regresar vivos a la Tierra. Las penurias de la Soyuz 11 eran testimonio de cómo se las jugaban en aquel entonces. Y en lo que a Li Jie respectaba, en qué condiciones cagaban también.

Los videos de YouTube llevaban once horas cargando, lo que desde el espacio era aceptable. Esa era otra comodidad que John Glenn no había tenido a bordo de la Friendship 7.

Ahora bien, recordemos especialmente nuestros años escolares, o incluso nuestros años presentes, en la oficina: cuando uno está en la situación de Li Jie, las mecánicas que emplea la mente para que el tiempo pase más rápido pueden ser ingeniosas o producto de la desesperación y el autoengaño.

En su caso, los videos en YouTube parecían una alternativa formidable. Pero solo lo aliviaron unos veinte minutos. Debían haberlo hecho durante dos horas, pero el WiFi de la Shenzhou, como era previsible, sufrió «uno de esos» ataques de hipo. En la Tierra este frecuente suceso significa perder un par de minutos. En la órbita terrestre era una catástrofe. Li Jie se frotó los ojos con pesar. Adiós videos de YouTube.

Giró la cabeza lentamente para mirar a través de la ventanilla: se veía el aura azulada de la Tierra mezclada con la negrura del infinito. Su mente divagó.

Por algún motivo recordó de pronto un incandescente debate que se había iniciado entre los nacionalistas chinos. Le pareció ridículo, infructuoso y patético. Se había originado por llamar «astronautas» a los astronautas, al igual que lo hacían los americanos, en lugar de darles otro nombre, como lo hacían los rusos que los llamaban «cosmonautas».

Pestañeó, con su mejor cara de hastío. Incluso ahí, la imbecilidad de la humanidad le agriaba el aburrimiento. Cerró los ojos, apoyando lentamente la cabeza en la almohada e intentando entregarse a los brazos de Morfeo con las manos entrelazadas y las piernas juntas.

Y la solución última para enfrentar parte de la descomunal monotonía que le esperaba por los siguientes cinco días habría dado resultado de no ser porque Li Jie descubrió, de la peor forma posible, que tenía ganas de orinar.

Y lo descubrió porque, de hecho, casi se meó encima.

Y casi se meó encima porque una serie de golpes sólidos y vigorosos se escucharon tras la compuerta de la cápsula espacial. Tres, para ser exactos.

«BAM, BAM, BAM».

Como si alguien estuviera tocando la puerta del otro lado. El problema es que eso quería decir que lo hacían *desde el espacio.*

El astronauta flotaba ahí, en medio de la cabina, mirando atentamente a la compuerta en el más sepulcral, gélido silencio. Y mientras la ansiedad se acumulaba como una mezcla burbujeante de químicos, su mente comenzó a sopesar teorías, a la vez que sentía su propio corazón bombeando tormentosamente.

«¿Lo acabo de soñar? ¿La cápsula chocó contra algo?».

Silencio…

No se molestaba en considerar si lo había soñado. Ji Lie sabía que no lo había hecho. Había sido demasiado malditamente real.

Silencio…

Y si chocó contra algo, entonces, ¿qué clase de escombro espacial golpeó a su compuerta tres veces exactas y coreografiadas?

El fin del expectante silencio se convirtió en la peor pesadilla del astronauta, porque aquello no iba a quedar como una anécdota aislada. Como un extraño incidente. Como una situación oscura que tan rápido como se presentó, se fue… porque volvieron a golpear la compuerta tres veces. Tan fuerte como antes. No pudo evitar gemir del terror.

«BAM, BAM, BAM».

Musitó algo que no tuvo coherencia ni para sí mismo. Y se precipitó contra la ventanilla de la cabina. Ji Lie pegó la mitad de su cabeza contra el vidrio hasta sentirse aplastado por el mismo… pero no, no alcanzaba, desde ese ángulo, a ver qué había tras la portezuela.

Y volvieron a tocar otras tres veces, pero esta vez más fuerte que antes. Lo suficiente como para que escuchara vibrar los paneles llenos de luces y botones alrededor de él y sintiera reverberar los tornillos.

El hombre gritó un insulto. Ahora jadeaba de pavor.

Cualquier otra persona hubiera podido pensar, en este punto, que quizá, del otro lado, había otro astronauta pidiendo auxilio. Pero él no era cualquiera otra persona, él era astrónomo y astronauta, y sabía que eso era imposible.

Primero porque no había recibido ningún mensaje previo.

Segundo, y mucho más importante (y básico), porque ningún astronauta ni cosmonauta tenía la fuerza para golpear así la cápsula desde afuera. Ni aunque tuviera una mandarria para hacerlo. El problema no era el instrumento, el problema era el espacio.

Y descrito así, las cosas toman su tiempo, pero para Ji Lie esta situación ocurría desde hacía poco más de un minuto, así que, temblando, se arrojó contra el panel de control lateral y presionó ansiosamente el botón que lo comunicaba con la estación espacial Shenzhou, a la vez que se ponía el auricular sobre el oído. La mano le temblaba.

Ji Lie miró por encima de su hombro; la compuerta permanecía a oscuras, al fondo de la cápsula.

Al no recibir respuesta, volvió a presionar ansiosamente el gatillo al borde del intercomunicador que debía ponerlo en contacto directo. Los monótonos e insistentes «clac-clac-clac» resonaban…

Y se escucharon otros porrazos, cuatro esta vez, contra la compuerta. Esto interrumpió a Ji Lie, quien se giró rápidamente para gritarle, a lo que sea que estuviera haciendo eso, que se detuviera. Infructuosamente, desde luego, porque del otro lado estaba el vacío, y no se podía oír nada. Pero la emoción y el terror le pudieron.

Y a esa situación horrible se le sumaba otra que hacía de ese escenario algo insoportable: no había respuesta de la Shenzhou.

Ji Lie cerró los ojos, respiró profundo, tragó saliva y abrió los ojos. Las aletas de su nariz se estiraban. Determinado a guardar la calma, volvió a dar golpecitos al gatillo. Luego se arremangó el brazo y observó su reloj, para tomar el tiempo.

Un minuto de silencio en ambos extremos.

Musitó un tembloroso, amargo y budista pseudoequivalente al consabido «Dios mío» occidental.

Le costó colocar el auricular en su sitio. Flotó hasta el puesto de mando de la Zhang Xiu Ying y se ayudó con los brazos para apoyar la espalda sobre la silla. Se abrochó el cinturón de seguridad para que la falta de gravedad no lo molestara y miró ansiosamente por las ventanas. No podía ver bien a la Shenzhou desde ahí. Era apenas un grano de sal oscuro. Al menos dentro de varias horas se vería mejor. Empezó la monótona secuencia que lo ayudaría a llamar a la base en Tierra de la CNSA[1].

Se colocó con dificultad los auriculares. Las manos le temblaban. La temperatura dentro de la Zhang Xiu Ying se mantenía a un promedio de 18 °C, estaba fresco, pero no evitaba que la frente de Ji Lie estuviera perlada de sudor. Sentía que le goteaban la espalda y las axilas. Giró la cabeza nuevamente hacia ese pasillo lúgubre y oscuro, en el que flotaban bolsas de comida y almohadillas. Tuvo escalofríos y echó la cabeza hacia atrás de un susto, golpeándose contra uno de los paneles superiores, cuando el siguiente… «BAM BAM BAM BAM» le arrancó un grito frío, horroroso.

Escuchó un nubarrón de interferencia. Recordó que llevaba puestos los auriculares. Se los acomodó con desesperación y giró la cabeza hacia el enorme horizonte del globo terráqueo. Aquellas eran buenas noticias. La comunicación estaba finalmente establecida.

Pero no alcanzó a decir: «Emergencia». Antes, una voz seca, desprovista de emoción, le informó:

—Estamos enterados de la situación.

Y cortaron voluntariamente la señal.

El astronauta pestañeó varias veces, antes de que su rostro se deformara en un concierto de arrugas horribles, producto de la confusión y la rabia.

1 CNSA, Administración Espacial Nacional China, por sus siglas en inglés.

—¿Hola? —exclamó.

Pero él lo sabía perfectamente bien: habían cortado la comunicación.

«BAM, BAM, BAM, BAM».

Ji Lie gritó, arrancándose los auriculares de la cabeza. La fuerza de los golpes había sido tal que un tornillo seguía reverberando como si fuese una moneda dando vueltas.

—¡Basta! —rugió.

Se frotó los ojos con la palma de las manos y dejó salir un gemido lastimoso.

Así que finalmente había llegado el momento. Le estaba tocando a él. Víctima de una burocracia sin corazón. Lo que cada astronauta chino y cada cosmonauta de la era soviética no decían pero temían en el fondo.

Algo estaba pasando.

No, no le iban a decir qué.

¿Y ahora?

Ahora que sea lo que la vida quiera que se…

«BAM, BAM, BAM, BAM, BAM».

Esta vez los golpes fueron más espaciados entre uno y otro, y la fuerza empleada todavía mayor. Las luces sobre los paneles laterales de la cápsula parpadearon.

Fuera lo que fuese, podía golpear con mayor o menor fuerza, y podía hacerlo un mayor número de veces si quisiera. Ji Lie se encogió en su silla, respirando. Sus manos descansaban en el apoyabrazos; parecía alguien haciendo yoga después de una pesadilla.

Su mente, gobernada casi enteramente por el lado izquierdo del cerebro, su cabeza analítica y lógica, no pudo evitar sacar del baúl un recuerdo llamativo que flotó sin permiso: alguna vez se llegó a preguntar si tendría las agallas para suicidarse estando en una situación insoslayablemente catastrófica, en el espacio. La respuesta, sabía ahora, era un presuntuoso, extraño y tímido «sí».

Pero he ahí lo interesante: a los astronautas chinos no les daban ningún medio para hacerlo en caso de que semejante situación llegase.

Y aparte, las situaciones previstas eran: accidente regresando a la Tierra (lo más peligroso) o fallo catastrófico, es decir, quedarse varado en el espacio y, eventualmente, sin oxígeno. En ese caso lo mejor era dañar cierto circuito, fastidiar el sistema de calefacción y dejar que el frío te matara.

Las aletas de la nariz de Ji Lie rebotaban. Tenía los ojos cerrados. Su cara llena de sudor. Lo peor era la expectativa: ¿cuándo iban a golpear otra vez?

Los párpados son delgados y sensibles a la luz. Por lo tanto, aun con los ojos cerrados se dio cuenta de que la luz, allá afuera, se apagaba, lentamente. Como si la cortina de un teatro estuviera bajando lentamente sobre la esplendorosa Tierra.

Abrió los ojos.

Un manto se deslizaba, suavemente, como si fuera petróleo, sobre las ventanillas frontales de la Zhang Xiu Ying.

Con pánico contenido, sus ojos se movieron lentamente al compás de aquello que, despacio, se posaba sobre los conductos reforzados que oficiaban como ventanas.

Era lento, pero el movimiento era seguro y firme. Le pareció que era negro, pero cuando encendió una linterna y la apuntó a las ventanas, se dio cuenta de que en realidad era marrón. Y de aspecto rugoso y seco.

No era un manto, era carne.

El silencio era absoluto. Las ventanillas tardaron un minuto en estar completamente cubiertas por aquel saco enorme de piel.

Hubo un rato de silencio insoportable, hasta que lo de afuera decidió hacer su introducción…

Un pliegue de piel se separó lentamente. Y de adentro emergió una suerte de materia sucia y oscura, con algo extraño y tembloroso en el centro, de aspecto ramificado. Otro pliegue de piel se separó lentamente, un poco más a la derecha, un poco más arriba, y pasó exactamente lo mismo. Ambos objetos, blancuzcos y ramificados en el centro, como si fueran arañas de muchas patas de varios tamaños y formas flotando en medio, comenzaron a pasearse lentamente, hasta que ambos se centraron sobre Ji Lie y ahí se quedaron.

Se abrió un tercer pliego, grotesco, enorme, mucho más grande que los primeros dos, y se configuró en una grieta horrenda y larga, que Ji Lie no tardó mucho en comprender de que se trataba de una boca.

Y sonreía.

O, al menos, eso es lo que un ser humano hubiera interpretado como una sonrisa. No tenía dientes, no tenía lengua… era simplemente un vacío y lo que había dentro era mejor dejarlo sin comprender.

Y las otras dos cuencas de arriba… eran ojos.

El astronauta se tomó las manos entre sí, se aplastó contra el respaldo, subió los pies a la silla, y nunca, nunca llegó a saber cómo se atrevió a mirar de nuevo a aquella cosa. Un brazo abrazaba su rodilla y el otro se mantenía firme, pero con mano temblorosa, apuntando la linterna hacia la ventanilla.

Mientras estaba entre la confusión y el más grotesco e insondable pavor, se le ocurrió, como si fuese un lejano relámpago en la tierra baldía y confundida que era su mente, que tal vez la luz molestara a la criatura. Apuntó con su linterna.

Pero la sonrisa, o lo que él interpretaba como tal, no hizo sino hacerse más, más ancha, mientras los ojos se movían y lo contemplaban con una especie de inenarrable, espantoso, jolgorio cósmico. Como lo hace un amante que te mira desde el otro lado de la cama con la cara apoyada en la almohada.

Ji Lie sorbió por la nariz mientras una lágrima bajaba por la mejilla.

La criatura se deslizó entonces por donde había venido hasta desaparecer de la vista frontal de la cápsula. Pasaron algunos segundos y volvió a escucharse:

«BAM, BAM, BAM».

El astronauta frunció el ceño y meneó la cabeza con una mezcla de resignación y repugnancia. El concierto de arrugas sobre su frente era una ecuación muy humana.

Inició otra vez la secuencia para comunicarse con la base en Tierra. Esperaba no tener que repetir el código, dado el modo en que temblaba. Ahora, además de respirar con fuerza, gemía de pánico.

Escuchó un sonido sísmico, grietoso, profundo. Eran los hierros y materiales de la cápsula quejándose. Una fuerza colosal la estaba apretando. Ji Lie lo supo porque todo comenzó a dar vueltas.

Sus manos palparon los soportes del cinturón de seguridad, sintiéndose como un ratón en una rueda al que alguien da vueltas. Aferró sus manos con ansiedad al apoyabrazos. A partir de ahí, que fuera lo que el destino quisiera.

Todo daba vueltas alrededor de él. Un teclado de computadora desconectado, la *tablet* y un montón de bolsas de comida selladas al vacío hicieron ruido al rebotar en los extremos de la cápsula. Cerró los ojos con fuerza, pensando que el fin sobrevenía. Que la criatura se había cansado y estaba intentando abrir la compuerta a la fuerza, como una lata.

Y aquel chino con un cociente intelectual que sobrepasaba con creces los 160, habría divagado con gusto en si aquel ser extraterrestre era *capaz de hacer eso*; de abrir la cápsula, hasta que un evento lo suficientemente espectacular como para arrebatarle momentáneamente la atención aconteció.

La estación espacial Shenzhou voló en pedazos.

Solo que lejos de haber sido una explosión digna de una película (y seguro que lo fue), desde la Zhang Xiu Ying se vio como una canica resplandeciente.

Por la posición, por la ágil diagramación geométrica en su mente, Ji Lie sabía muy bien que aquella era la Shenzhou. Y gracias a que el resplandor tenue llamó su atención, supo, antes de que pudiera preguntárselo, algo más: lo estaban haciendo desde la Tierra.

Porque pudo distinguir, por obra y arte de la providencia, un objeto diminuto, casi invisible desde ahí, dirigiéndose desde la capa terrestre a los restos incandescentes de la estación espacial, volatilizándola una segunda vez y ahora sí, por completo.

Aquel proyectil provino del lado de la Tierra donde era de día. Por lo tanto, debían haber sido los Estados Unidos.

Nunca Ji Lie había musitado un tan honesto, objetivo y apátrida «tamade»[2], seguido de un descorazonado «caonima»[3].

Estaban juntos en esto. Estados Unidos no atacaba a China: los estaban ayudando.

Y probablemente el misil que impactaría a la Zhang Xiu Ying vendría pronto. Se preguntó, en un fugaz momento de horror y amargura, si ese último vendría de los Estados Unidos o de su país.

La diminuta canica de fuego dejó de hacer sombras bailarinas en el rostro del astronauta; la cortina de carne volvió a emerger tras las ventanillas, más rápido que antes.

Volvieron a dividirse, de ese modo tan horrible, sus párpados. Esta vez los ojos estaban en posiciones distintas. La boca, sin embargo, todavía más grande que antes, ya no sonreía: ahora la expresión era más grotesca, pero no hostil; se había convertido en una grieta insondable y, nuevamente, muy humana. Aun aterrorizado como estaba, Ji Lie supo leer la expresión: era preocupación.

La piel ventosa de la criatura se aferraba al vidrio. Y se le ocurrió que, muy posiblemente, pudiera romperlo desde afuera. Pero no acababa de hacerlo. Simplemente se aplastaba contra el mismo, para verlo mejor.

2 «Su madre».

3 «Que jodan a tu madre».

El astronauta le devolvía la mirada, con una mezcla extraña de espanto infantil.

—¿Qué quieres de mí?

El rostro improvisado desapareció. La piel se despegó del vidrio, pero las extremidades de la criatura seguían aferrando los costados de la cápsula espacial. Desde afuera se debía ver como un paracaídas. El extraterrestre ejerció una presión monstruosa, se aferró con más fuerza a la cápsula (la estructura gimió en un rocoso barrido metálico), y comenzó a moverla, desbocando irremediablemente la órbita de la Zhang Xiu Ying.

Ji Lie volvió a aferrar las manos al apoyabrazos, intentando contener un grito. Durante su entrenamiento le habían enseñado a soportar niveles casi sobrehumanos de vértigo. La cápsula daba vueltas sin control, remolcada por el ente.

Pero con todo y eso, no era como que pudiera hacerlo por tiempo indefinido: para «aquello», eso debía ser como para un hombre empujar una roca inmensa. Llevárselo al vacío cósmico estaba descartado. Él era astrónomo. Y modestia aparte, su mente estaba bastante alejada de la prole ignorante que cree que los astros son vecinos de a la vuelta de la esquina.

Y entonces, amarrado a una silla, dando vueltas, con las gotas de su sudor entrechocando todo alrededor suyo, se le ocurrió: «Intenta salvarme de un misil».

Y aquello habría sido una lanza quebrada a favor del extraterrestre, amén de un alivio incalculable.

—¿Eres un amigo? —pensó a los gritos.

Aquella cosa horrible seguía arrastrándolo rumbo a lo que, por lo poco que podía divisar entre los pliegues de carne que se estiraban, era el polo norte de la Tierra.

Iban a demorarse un montón en triangular de nuevo la posición de la cápsula. De hecho, quizá incluso les resultara completamente imposible averiguar dónde estaba la Zhang Xiu Ying. Primero se agotaría el soporte de vida, antes de que lograsen determinar en qué punto tenían que enviar un misil.

Pero entonces, presa de la lógica, de las posibilidades, de lo desconocido, lo desquiciado y lo descabellado, Ji Lie despertó de su confusa sorpresa:

—¿Pero qué quieres de mí? —gimió en voz alta, envuelto en el pragmatismo más puro y sincero.

La criatura finalmente dejó lo que estaba haciendo para deslizarse ávidamente fuera de su vista, a la parte posterior de la cápsula.

«BAM, BAM, BAM, BAM».

—¿Quieres iniciar contacto?

Desabrochó el cinturón, nerviosamente, a los manotazos, como lo haría alguien aterrorizado. Se desprendió de su silla y se entregó a la semioscuridad al fondo del pabellón. Apoyó su cuerpo en la compuerta, jadeando y sudando. Estaba aterrorizado.

—¡¿Qué quieres de mí?! —masculló.

Entonces sintió algo que, de otro modo, no hubiera podido: la criatura frotaba la compuerta. Con tentáculos llenos de deseo. No podía escucharse desde afuera, pero su poder era tal que reverberaba en cada pieza que lo separaba de la plancha de metal y el espacio sideral.

¿Y si aquello no era «malo»?

Si pretendiese ayudarle, no habría causado todo ese horrendo entuerto en primer lugar. El extraterrestre era inteligente. Imposible saber hasta qué punto, pero lo suficiente para deducir que aquello estaba descartado. Cuando abrió los ojos y le dio la espalda a la compuerta, mirando hacia el descorazonador vacío cósmico, adornado por el horizonte helado del polo norte de la Tierra, pestañeó, y eso ocasionó que una lágrima corriera por su mejilla y saliera flotando.

Era extraordinario, pero en medio de esa situación imposible, ese escenario de absoluta pesadilla, su mente se hizo espacio para pensar: «¿Y si se ponía el traje espacial, abría la compuerta y liberaba el único acceso que había entre él y aquello? ¿Entonces qué? ¿Qué iba a pasar?».

Se enjugó una lágrima.

¿Qué iba a pasar entonces?

Sea cual fuere la verdad tras todo, los hechos eran así: la destrucción trágica de la Shenzhou estaba relacionada directamente a «eso». Si aquello tenía «buenas intenciones», entonces no lo eran en el principio básico y humano. El mismo interés casi morboso que mostraba por él podía no ser único; podía haber sucedido lo mismo con los tres tripulantes de la Shenzhou que ahora reposaban hechos pedazos en una nube de escombros espaciales. Pero... ¿y si no? ¿Y si antes había logrado abrirse paso hasta dentro de la estación, en la que se hallaban sus colegas?

El hecho de que ahora estuviera ahí, deseándolo a él, no le auguraba nada bueno.

Él le había facilitado a CNSA toda la información que necesitaban: el extraterrestre no solo había sobrevivido... se había marchado de la Shenzhou hacía rato.

Pero eso no quería decir que no iban a intentarlo de nuevo. Probablemente habían mandado un nuevo cohete. Un desperdicio de 300 millones de dólares, porque no le iban a dar a la cápsula. Y Li Jie lo sabía.

Ya sea para enterrar la información bajo una burocracia sangre fría, ya sea por el contrario, como un asesinato de piedad, estaba por verse...

El polo norte de la Tierra se oscureció lentamente. El extraterrestre volvía a colmar las ventanas de la cabina con su manto de carne. Con su adhesiva piel. La luz que pudiera haber dentro de la Zhang Xiu Ying volvía a depender, exclusivamente, de toda la energía que había en sus baterías.

Como si fueran cortadas por un bisturí, se abrieron las líneas que rápidamente se transformaron en ojos. Esta vez más grandes. Quizá porque la criatura deseaba verlo mejor. Lo único que no apareció era la boca. Esta vez observaba a Li Jie con una expresión que... no tenía expresión.

Ya no parecía alegría, ni deseo, ni curiosidad. Ahora simplemente no tenía expresión. O al menos una que no podía leer.

Y eso lo hacía bastante peor…

El astronauta metió las manos por las agarraderas con forma de paréntesis de la compuerta espacial, para mantenerse ahí y no flotar a la deriva, y recogió sus piernas hasta que sus rodillas casi tocaron su mentón. Parecía un niño muy asustado.

Esas pupilas morbosas, enrevesadas y laberínticas no se movían. Estaban fijas en él. Palpitantes, raras. Si aquello hubiese sido un duelo de miradas, no habría ser humano sobre la faz de la Tierra, ni ahora ni en la historia, que pudiera haberle ganado a aquello. Asumir que aquel fardo inusitado le había tocado a él hizo que le dieran ganas de llorar, pero esta vez de manera prolongada.

La criatura comenzó a cerrar los ojos, lentamente. Lo hizo encajando sus pupilas hacia arriba. Como si el invisible globo ocular diera una vuelta. Eso le fue terriblemente familiar. Una vez, cuando era niño, se había acercado muy temprano por la mañana a la cama de su madre; podía sentir su respiración cálida y acompasada, y miró con interés las arrugas de su rostro. Levantó una de sus manitos y, poniendo el pulgar sobre el párpado de la mujer, lo empujó suavemente hacia arriba: el ojo de su mamá miraba hacia arriba, y se movía rápidamente…

¿El extraterrestre se había ido a dormir?

Sus brazos se desenredaron de los barandales y flotó con toda la suavidad de la que fue capaz. Sus manos se apoyaron sobre el panel de los circuitos del techo, acercándose. Los ojos permanecían cerrados. No iba a ser agradable si se acercaba más y estos se abrían de golpe. Pero permanecían cerrados.

Sabía que desde afuera la criatura no podía escuchar nada. Pero sí podía sentir. Probablemente era capaz de captar vibraciones como lo hacían las arañas en su tela, dispuestas a cazar, a sorber las entrañas de cuanto bicho desafortunado cayera en ella.

Se acercó con extrema lentitud hacia la pared lateral previa a la cabina. Su rostro estaba húmedo. Las gotas de sudor bajaban por su frente. Intentó controlar su propia respiración. Lentamente estiró el brazo y levantó una mano, apoyándola sobre un panel. Eso le permitió bajar y poner los pies en el piso. Sentía su propio corazón bombear.

Alargó la otra mano hasta los auriculares colocados en un gancho sobre el panel que debía usar para comunicarse con la extinta Shenzhou. Se los colocó sobre la cabeza con toda la suavidad de la que fue capaz, maniobrando con una sola mano.

Encendió la consola. Giró el transistor, abrió el canal e inició la secuencia para lo que estaba terminantemente prohibido: enviar mensajes de radio abierta.

Con el dedo índice, bajó la palanquilla que sostenía el delicado micrófono forrado con gomaespuma hasta tocar sus labios.

—Ayuda —susurró.

Miraba ansiosamente hacia las ventanas, iluminadas en vaivén con la luz titilante sobre la cabina. El manto uniforme de carne sin ojos seguía durmiendo, si eso era lo que estaba haciendo…

—*Help me. Help me, please.*

Ahogaba su tentación de jadear, sin dudas producto del pavor, de sorber por la nariz. No es como que lo podía escuchar desde afuera, pero… ¿y qué mierda sabía él de nada? Hasta hacía dos horas, para él, la vida fuera del globo terrestre era una probabilidad lejana. Y aquello seguramente podía *sentirlo*… el miedo hizo que recordara una necesidad básica: quería mear. No lo iba a hacer bajo ninguna circunstancia, ya que haría ruido.

—*Help me, help me, please; help me, please.*

Los susurros ansiosos eran en el fondo gritos descarnados de súplica. Una bolsa de comida le pinchó la mejilla; Ji Lie levantó una mano y la agarró, con toda la calma que pudo, para luego arrojarla suavemente hacia atrás. El objeto se perdió en la oscuridad, dando vueltas.

Un estallido de interferencia lastimó sus oídos. En su ansiedad, había subido el volumen hasta el límite. A Ji Lie eso no le importó, lo que le importó fue que la criatura lo escuchase.

—*Hello. This is Novosibirsk capsule* —saludó una voz profunda y rasposa, en un inglés bastante básico—. *Kuznetnova speaking.*

Eran los rusos.

Ji Lie tragó saliva

—Kuznetnova —remedó suave y fantasmalmente, vigilando que la criatura no abriera los ojos—, ¿está usted al tanto? —preguntó Ji Lie, en un inglés mucho mejor.

Hubo silencio en la línea.

—Estamos parcialmente al tanto —contestó Kuznetnova, con tranquilidad.

El chino tragó saliva, y respiró profundo.

—He sido abandonado. Necesito ayuda.

—¿Qué necesita?

El tipo no le hizo preguntas. No quería curiosear. Extraordinariamente, fue al grano. Ji Lie sintió una explosión de cariño fraternal por aquel cosmonauta.

Fue por eso que se animó a ser directo:

—Tengo una forma no conocida de vida pegada a mi cápsula espacial. Por el lado de afuera. Puede ser muy peligrosa.

Hubo silencio en la línea.

Fuera cual fuese que hubiese sido la reacción original de Kuznetnova, el ruso estaba dispuesto a aportar:

—¿No puede usted iniciar la secuencia para iniciar el descenso a Tierra?

Oh, Dios, mi amigo eslavo, si supieras…

Ji Lie tragó saliva. Habló lentamente, eligiendo las palabras más básicas, para que el ruso pudiera entenderle:

—Tiene atrapada mi cápsula. Es demasiado fuerte. No serviría. No me lo permitiría. Estoy sobre el polo norte. Intenten verme. Si logran echar un vistazo a mi cápsula desde su posición… si eso les fuera posible, se van a dar cuenta de lo que hablo.

El problema es que el polo ártico de la Tierra es bastante grande. Y le hablaba no a una estación espacial rusa (la Mir fue dada de baja hacía mucho, y los rusos, se suponía, construirían una nueva en conjunto con los americanos, que tardaría años en ser operativa).

Si se pudiera echar mano a las metáforas más vulgares, uno podría decir que los cojones de Ji Lie se le pusieron de corbata: el ruso demoraba demasiado en contestar. Apagó la radio, posiblemente. Había recibido instrucciones desde la Tierra para que cortara comunicaciones. Ji Lie era un paria. Era lo más cercano a la lepra en el espacio, y…

Antes de que sus suposiciones siguieran haciéndose más grandes, la voz del cosmonauta volvió a colmar sus oídos:

—Puedo verlo.

Pestañeó. Una lágrima corrió libre por su mejilla, y goteó, haciéndose una pequeña esfera húmeda que flotó en el aire. Torció los labios, haciendo su mejor esfuerzo por no sollozar.

Si la vida le quería regalar un evento extraordinario, lo más parecido posible a un milagro, aquel era. Y tenía sentido que la Novosibirsk estuviera ahí, haciendo un círculo reducido sobre Siberia y los señoríos rusos del polo ártico norte.

Ji Lie tragó saliva:

—¿Puede ver a «eso»?

Hubo una demora breve en la línea. Pero finalmente:

—Sí, puedo verlo desde el telescopio digital. Está cubriendo su cápsula —contestó con calma.

«Ruso sangre fría hijo de puta», pensó fugazmente Ji Lie, con el mayor cariño fraternal que había sentido en su vida

Giró la cabeza con nerviosismo, limpiándose suavemente las lágrimas con el dorso del brazo. Vigilando que el extraterrestre no estuviera despierto, mirándolo…

Tragó saliva.

—Está dormido. O en estado de estasis.

El ruso fue brutalmente honesto:

—No teníamos ni idea de que esto estaba ocurriendo con ustedes.

Ji Lie decidió hacer lo propio:

—Si usted comunica esto a Tierra y mi gente o los americanos se enteran, tenga por seguro que van a destruirme. No importa que estemos flotando sobre territorio ruso.

—Afirmativo.

El astronauta cerró los ojos, se dio la vuelta suavemente, flotando con agilidad, apoyó las manos lo mejor que pudo a los costados y se sentó en una esquina, abrazando sus rodillas.

—Lamento mucho la situación.

Sin querer, Ji Lie contestó con una expresión de resignación en chino.

Se podía escuchar, muy tenue, música del otro lado de la línea, muy en el fondo. Ji Lie no era experto en rock de la era soviética, ni mucho menos. Pero podía decir, si tuviese que adivinar, que era música de la década de los ochenta. El estilo era muy reconocible. Quizá por influencia americana, quizá porque simple y llanamente los ochenta eran un estado de consciencia, independientemente del país. Se imaginó una pequeña radio USB flotando en la cápsula espacial del ruso.

—¿Me oye? —preguntó de pronto Kuznetnova.

Sorbió suavemente por la nariz, antes de contestar:

—Afirmativo.

—¿Cómo se llama?

—Ji Lie. Cápsula Zhang Xiu Ying de la estación Shenzhou. Ahora convertida en una nube de mierda.

Si aquello había sido un chiste chino traducido al inglés, Kuznetnova lo compensó con unos cuantos segundos de silencio.

—Ji Lie, puedo ayudarlo.

El astronauta colocó una mano suavemente sobre el auricular, para apretarlo contra su oído.

—¿Cómo dice?

—Puedo ayudarlo.

El chino meneó la cabeza, cerró los ojos y sonrió, intentando no llorar. Y eso, extrañamente, le dio ganas de reír.

—Gracias.

Si podía hacer semejante cosa, si podía ayudarlo —prometió, dentro de sí— escucharía el himno nacional ruso todos los días al despertarse. A toda leche.

El amor y gratitud que estaba sintiendo no iba a durar mucho, sin embargo:

—En cuarenta minutos, la Novosibirsk va a pasar a cuatro kilómetros de donde está usted. Su cápsula se halla estática —recalcó, esforzándose visiblemente por explicar aquello en inglés—, pero la mía se halla orbitando. Vamos a estar cerca. Cuatro kilómetros, Ji Lie.

Hubo silencio. Ji Lie contestó con un automático y frío «¿sí?», para poder seguir con la conversación.

—Póngase su traje ya mismo y comience a tomar el tiempo. Yo lo puedo recibir aquí. Iniciaremos luego el descenso a Tierra… —Kuznetnova hizo silencio brevemente y puntualizó—: Va a tener que salir de la cápsula e interceptarme.

2

Se podía medir su ansiedad por la forma en cómo se ponía, torpemente, su traje. La criatura seguía en estasis. Habían pasado veinticinco minutos desde la conversación con el ruso. En quince iniciaría su misión. Estaba meándose. Fisiológicamente, pero también figurativamente, del pavor.

¿Y si al abrir la compuerta las vibraciones lo despertaban? ¿Y si se despertaba cinco minutos antes de iniciar la improbable, horrenda y peligrosa «misión» urdida por Kuznetnova?

—Gracias, muchas gracias —musitó en honor al ruso, intentando no llorar.

Giró la cabeza por enésima vez. Seguía durmiendo. O al menos, lo parecía. No pudo evitar gemir de horror.

Iba a salir, y lo iba a ver frente a frente. Al menos durante unos segundos, antes de dar el salto espacial más peligroso, tal vez, en la historia de la humanidad.

Cuando Alexéi Leónov hizo la primera caminata espacial en la historia, su traje estaba sujeto por un cordón de cinco metros. Meses más tarde, durante ese mismo 1965, cuando Edward White hizo lo mismo, flotó fuera de su cápsula con un cordón revestido de oro que medía siete metros. En la actualidad, los chinos habían conseguido una alternativa más económica y ciertamente más moderna para la realización de las caminatas espaciales.

El cordón de Ji Lie medía diez metros y podía desabrocharse automáticamente en caso de enredarse; la temida deriva espacial podía ser evitada si se sujetaba, con sus guantes imantados, a la cápsula espacial. Sin embargo, por más heroico que hubieran sido Leónov y White, lo que a Ji Lie incumbía era la hazaña realizada por Bruce McCandles en 1984; el primer astronauta en moverse en el espacio sin cordón, usando un bulto enorme que tenía propulsores de gas.

Los chinos habían hecho su propia versión. Pero no la habían probado oficialmente. Lo que en realidad quería decir que, de hecho, sí la habían probado. Pero todavía no estaba finalizado como para que se sintieran a gusto publicando videos en medios oficiales. La «primera» caminata espacial china fue en 2008 y fue noticia alrededor del mundo solo cuando el Partido logró obtener lo más cercano a una promesa por parte de la CNSA de que el éxito sería rotundo.

Se las arregló para abrir todas las frecuencias de radio en el dispositivo anclado en la parte posterior de la escafandra espacial. Era mucho más básico que el de la cápsula. Y eso querría decir que no solo la NASA, sino la CNSA, la Roscosmos[4] y todo el que tuviera una antena lo suficientemente potente, podrían escuchar sus diálogos con Kuznetnova. Lo oirían defeccionar de China.

Pero la opinión de Ji Lie respecto a aquello era mejor dejarla en un «me sabe a mierda».

Eso sí, más le valía a Kuznetnova poner cuanto antes a la Novosibirsk rumbo a la Tierra. El inicio de descenso debía ser inmediato. De lo contrario, volarían en pedazos. Ji Lie se preguntaba si su gente, o con mayor probabilidad los americanos, tenían algún sistema capaz de triangular la posición de algo tan pequeño como una cápsula espacial con tan solo interceptar una señal de radio.

Cinco minutos para abrir la escotilla…

—Kuznetnova, ¿me escucha?

—Afirmativo.

4 Roscosmos (Роскосмос), agencia espacial federal rusa.

Ji Lie respiró, acompasadamente.

—Si no logro interceptar su cápsula, tiene, de todos modos, que iniciar el descenso cuanto antes. Pase lo que pase. Mi gente va a intentar matarlo. Y si no son ellos, serán los americanos.

La respuesta fue seca:

—Interceptará la cápsula. Saldrá todo bien. Usted escuche bien mis instrucciones y vigile no agotar el gas en sus propulsores.

«Bendito seas, ruso. Si existe Dios, que Él te bendiga y te colme de cosas buenas. Por siempre...», pensó con todas sus fuerzas.

Si sus temores eran ciertos, allá abajo ya estaban trabajando arduamente por triangular la posición de la Novosibirsk. Pero había algo potencialmente peor...

Se giró muy lentamente, para ver por última vez el interior de la Zhang Xiu Ying. No por nostalgia, sino para vigilar que el objeto mayor de su horror siguiera dormido.

Y sí, estaba impasible... adherido al vidrio.

Kuznetnova no parecía asustado. Tenía que estarlo, obviamente. Pero no lo demostraba. No quería sumar basura a sus pensamientos haciéndole una segunda advertencia: si no lograban meterles un misil por el culo, había que descender a Tierra con mayor premura, no fuera que «eso» consiguiera en el ruso y su cápsula un nuevo objeto de interés.

Llegó el momento.

Ji Lie estiró la mano. Descubrió que estaba temblando. Cerró los ojos. Respiró profundo. Apretó los labios. Frunció el ceño. «Te calmas, carajo».

Inició la secuencia en el panel. Las luces amarillas brillaron. Insertó el código. La lucecilla verde brilló. Todo bien.

Apretó con fuerza el volante de hierro. Lo giró. Recordaba el manual: cinco veces. Una, dos, tres, cuatro... y el aire comprimido que estalló a la quinta lo hizo maldecir con todas sus fuerzas. No porque hubiese un error: todo estaba bien. Pero eso, justamente eso, eso era lo que podía despertar a «aquello».

No giró la cabeza para comprobarlo. Empujó la escotilla. El vacío cósmico emergió ante sus ojos.

Ji Lie dobló las rodillas y saltó de la cápsula.

Sus manos reposaban encima de dos enormes apoyabrazos que lo hacían sentir atrapado en un exoesqueleto; en su mano derecha apretaba una palanca, demasiado pequeña para su gusto, con la que podía manejar la dirección en que los propulsores apuntaban. Encima había un botón que le permitía activarlos. En la otra mano, aferrándola con los dedos, su *tablet*, sellada dentro de una bolsa de comida espacial casi impecablemente limpia del *mǐfàn*[5] que había contenido adentro.

El polo norte resplandecía, pálido, incandescente, a su derecha. El sol se levantaba a sus espaldas, lentamente. Amanecía en Occidente.

—*I jumped, I jumped, I jumped*[6] —gimió, aterrorizado.

—Navegue 143° al sureste.

Ji Lie posó los ojos en su *tablet*. La *app* con la brújula Android estaba activada. El limbo digital se movía suavemente.

—Es difícil —gimió, con más reproche del que le hubiera gustado.

—A esa velocidad podrá observar mi cápsula. Cuando ocurra no necesitará más su *tablet* —contestó Kuznetnova, en tono tranquilizador—. Mantenga ese rumbo.

Para escapar de la magnetósfera de la Tierra había que adentrarse 59.000 kilómetros al vacío cósmico. Entonces el viento solar sería amo de la brújula. Pero desde ahí funcionaba perfectamente.

—Conserve el nivel de gas en el exotraje, Lie.

No podía saber cuánto gas quedaba en los propulsores, porque el medidor estaba justo en la bandeja bajo su mano derecha, que aferraba la bolsa de su *tablet* como si fuera su vida. Iba a una

5 Arroz en chino.

6 «Salté», traducción al español del inglés.

velocidad tremenda. Su pulgar estaba anclado sobre el gatillo que disparaba todo el gas que lo propulsaba, como una saeta, sobre el cielo de Siberia.

—Mantenga el rumbo.

Ji Lie no pudo evitar reír. Reír casi a carcajadas. Qué importaba que el ruso se preguntase qué diablos le pasaba. Él lo entendería, seguro. Era un ser humano también. Dio rienda libre a sus reprimidas, dolorosas emociones. Rio a gritos, con las lágrimas bañando sus mejillas. Aquello era tan lunático… y esas condiciones de mierda en que estaban haciéndolo todo, ¡por favor! Siguió riendo.

Pero cuando el ruso, por primera vez, demostró impasibilidad, Ji Lie calló, abrumado por la sorpresa.

—¡Lo veo, Lie! —exclamó, jubiloso—. ¡Lo veo! ¿Me ve usted a mí?

Levantó los ojos, arrojando las lágrimas que se le acumulaban. Giró las pupilas. La Novosibirsk aparecía allá, como una pluma flotando en el espacio. Impasible como su tripulante.

—Yo también lo veo, Kuznetnova. Lo veo —explotó en llanto y carcajadas.

Hubo silencio en la línea. Pero el extraño crepitar de fondo le hacía saber a Ji Lie que seguía abierta.

—*Friend?*[7]

El astronauta se aproximaba a la cápsula rusa lentamente…

—Ji Lie… venga acá.

—Sí, sí… quiero desacelerar porque si no…

—No. La entrada tendrá que ser brusca. Venga acá, por favor.

Ji Lie respiraba de manera tosca. Le habían enseñado expresamente no hacerlo así durante el arduo curso. Pero al carajo todo, ¿verdad? El vapor empañaba su escafandra.

—Kuznetnova, ¿sucede algo?

7 «¿Amigo?», traducción del inglés.

La respuesta tardó un poco en llegar:

—Ji Lie, no mire atrás, por lo que más quiera.

Resopló con pavor.

Y entonces pudo sentirlo, en la carne, en los huesos, en los tuétanos, como un disparo sin materia dotado del suficiente poder para revolver sus entrañas.

«¿A dónde crees que vas, terrícola, bolsita de carne y mierda?»

Obviamente era su imaginación, que estalló en una bomba atómica de ansiedad, horror y agudo dolor cardíaco. La dicha pura se convirtió en terror absoluto, sin escalas.

«¿Sabes? Me asustaste. Me desperté y no te vi. Entonces noté que la puertita estaba abierta. Y me puse a buscarte. Y TE VI. TE VI. TE VI. TE VI. TE VI Y AHORA VOY POR TI A TODA LECHE. PENDEJETE».

—Estoy abriendo la escotilla, ¡venga! —gritó Kuznetnova.

Pero Ji Lie no lo escuchó. No lo escuchó, pero entendió qué quería decir. Ya estaba lo suficientemente cerca de la Novosibirsk para notar que el cosmonauta estaba haciendo lo prometido.

En un lugar profundo de la psique de Ji Lie, este se lamentó mucho por su colega ruso. Pero no pudo evitarlo: gritó. Gritó de terror. Y le costó mucho, demasiado incluso, aunar la cordura suficiente para quitar el dedo del gatillo, para que los propulsores dejaran de escupir gas, y más aún, ¡peor aún, de hecho! presionar el gatillo lateral que activaba los propulsores delanteros que desacelerarían su demencial avance.

Se desprendió del exotraje, el cual quedó tras de sí. La bolsa que contenía la *tablet* siguió su propio rumbo, mucho más lento. Y Ji Lie fue eyectado directo contra el fuselaje de la cápsula rusa.

El golpe fue horroroso. Pero sobrevivió a ello.

Resintió más la pérdida de aire que la rotura en sus piernas, sus costillas y su brazo derecho.

Kuznetnova, desde su traje espacial, estiró el brazo y lo tomó de la muñeca con mucha, muchísima fuerza, y lo empujó hacia adentro.

Ji Lie se golpeó de nuevo, pero esta vez, en el interior de la Novosibirsk.

Levantó la cabeza para ver a su salvador; este lo miraba de vuelta. Las luces sobre su escafandra de cosmonauta lo encegueccían.

Pero entonces una manga de carne, enorme, monstruosa, asió a Kuznetnova por el brazo…

Y lo arrancó de su cápsula. Como una hormiga siendo aspirada en el agua.

Visto así, desde el fondo de la Novosibirsk, el extraterrestre parecía una especie de guante. El guante de la mano más maligna del Universo.

Ji Lie gritó, pero esta vez más por rabia que por miedo.

Kuznetnova intentó asirse a lo que pudo, desesperadamente. Ji Lie se puso en pie, sintiendo sus huesos machacados crujir. Estiró ambas manos, ya sin importarle nada, para asir a su amigo.

La criatura, sin embargo, era rápida: cruzó otra manga de carne sobre la cintura del cosmonauta y rápidamente lo envolvió.

Y cuando lo hizo, salió disparado con su presa al cosmos. Y se perdió rumbo al infinito, a una velocidad espeluznante.

3

Pasaron doce años.

El Ji Lie que conocíamos ya no era el mismo. No seguía al tanto de cosas que, antaño, le fascinaban. Ni siquiera tenía su cachivache favorito a mano: una *tablet*. Algo que, en otros tiempos, llevaba consigo hasta cuando a su madre le cantaban el cumpleaños.

Le había crecido una barba enorme. Al coronel de la fuerza aérea rusa le tomó su tiempo, pero finalmente se animó a decirle lo que pensaba, en un inglés impecable: «Pareces el Gandalf chino».

Ji Lie no se lo iba a reprochar. Simplemente lo miraba de manera simpática, en silencio, con algo que, tras toda esa barba, parecía ser una sonrisa sabia. Sonreía más por los ojos, arrugados, que por la boca.

Era una suerte que Rusia no fuera partícipe de ningún programa de extradición. No entregarles a los chinos su astronauta había sido, en buena parte, un castigo.

Ji Lie la tenía clara en ese sentido. Pero aun así, tras los vericuetos de poder, sentía un especial afecto y agradecimiento a los rusos.

Ni siquiera el primer año había sido tan caótico. No podía quejarse. Lo curaron, lo atendieron y descubrieron que, más allá de su testimonio, más allá de su historia, no había mucho más que pudieran sonsacarle al astronauta y científico sobre todo lo que había pasado allá arriba.

La manera en que se racionalizó fue la siguiente: los astronautas o los cosmonautas son como personas que están en la orilla de la playa... que se mojan los tobillos mientras contemplan el vasto océano. Parece que fuera un lugar a salvo para estar, pero de vez en cuando sucede que, si te quedas mucho tiempo, aparece algo malo.

En años posteriores, cuando entabló una relación de camaradería con el coronel (uno de los cinco únicos seres humanos en su vida con los que podía hablar del tema), le confesó que probablemente ni su gente ni los americanos sabían mucho más al respecto que lo que ellos sabían.

Boris se quedó mirando a Ji Lie.

Era una mirada profunda. Pragmática. Severa y de alguna manera también amigable. Ji Lie hizo lo propio, mirándolo con el rabillo del ojo por un rato y desviando la mirada poco después a las hermosísimas colinas verdes.

El cielo era gris. Los pinos se mecían lentamente por la brisa. Y acariciaba la barba del chino, también. Hacía rato se había acostumbrado al frío. Lo suficiente como para estar en camisa. En el bolsillo delantero reposaba una caja de cigarros rusos a medio terminar.

El coronel se levantó con pesar de la silla. Tomó la botella de cerveza acabada, también recogió la botella de Ji Lie y se metió dentro de la cabaña.

El hombre no tuvo empacho en limpiar las poquísimas cosas sucias en el fregadero de Ji Lie antes de marcharse.

El chino frotó la empuñadura de su bastón con ansiedad y su mirada se perdió en las montañas.

Y entonces levantó los ojos, al cielo, y miró a la temprana luna.

Entresacó el labio inferior y, poco a poco, rompió en llanto.

Y no se molestó en enjugar sus lágrimas. Simplemente recordaba y lloraba, mirando arriba.

Si uno pudiera resumir esta historia a un fragmento, las penurias de Ji Lie, sin dudas, eran un recuerdo traumático. Bastante.

Pero no era eso…

Lo que lo hacía llorar, sin falta, cada aniversario de su llegada a la Tierra, lo que lo atormentaba muchas veces durante la noche, e interrumpía sus sueños que se trasfiguraban con frecuencia en horribles pesadillas, no era lo que había vivido a bordo de su propia cápsula.

Era lo que había sucedido después. Cuando cerró la escotilla de la Novosibirsk y entabló contacto con la Roscosmos. Estaban al tanto de todo. Eso hizo las cosas más fáciles. Que hablasen un inglés muchísimo mejor que el de su amigo cosmonauta también.

Explicar la tragedia que había ocurrido durante el rescate, aun llorando, fue un poco más difícil, pero no la gran cosa.

Lo horrible ocurrió una hora después, en medio de los preparativos para iniciar su descenso a Tierra.

La radio de su escafandra espacial crepitó.

Ji Lie giró la cabeza y, dejando salir una exclamación de dolor, se precipitó, flotando como pudo, hasta el objeto, colocándoselo de nuevo.

Era Kuznetnova, que intentaba comunicarse. La rendija de la radio dejó salir otro crepitar, horrible, largo, y a Ji Lie le tomó tiempo entender, entonces, que aquello era una voz de queja. Y la reconoció.

—Lie…

—¿Kuznetnova? —gimió, abismado.

—Ayúdeme, por favor.

Ji Lie jamás recordó qué contestó exactamente a ello. Quizá fue un largo balbuceo sin sentido. Algunas veces creyó recordar decirle: «¿Cómo estás haciendo esto?». Otra noche recordó que, en aquel momento, había suplicado también: «¿Cómo puedo ayudarte?».

La voz de Kuznetnova, insondable, fría y tormentosa, se había repetido en su cabeza miles de veces a lo largo de doce años:

«—Ji Lie, ¿usted cree en el cielo?

—¿Qué?

—Yo no. Pero el infierno sí existe».

Se cortó la transmisión.

Y aquella fue la última vez que lo escuchó.

Vómito cósmico

1

Fue durante una comunicación no oficial. Poco o nada podían hacer los chinos para controlar lo que la gente se pasaba mutuamente por WhatsApp. Y eso incluía, muy para desgracia de ellos, a un empleado de la CSNA[8] que trabajaba en el telescopio de ondas de radio más grande del mundo: el FAST, instalado en la provincia Guizhou.

El contraparte ruso lo recibió en un inglés bastante malo.

Afortunadamente, el ruso, que era mucho más hábil en esa lengua que su colega chino, pudo pasar el mensaje en limpio cuando, a su vez, lo transmitió a su colega estadounidense. El americano mostró grave escepticismo. Obviamente, no pudo obtener las coordenadas que los chinos habían usado para avistar el fenómeno y así corroborarlo por sí mismo. Pero después hubo un gélido silencio en la red, cuando los americanos también consiguieron ubicarlo.

Y lo consiguieron no por un extraordinario golpe de suerte, ni porque el chino, en contra de todo pronóstico, hubiera dado el brazo a torcer. Lo consiguieron porque, de hecho, era *difícil no verlo*.

El telescopio espacial James Webb lo avistó. Las primeras fotografías, como suele suceder para quien no sabe nada de astronomía, no fueron demasiado reveladoras, pero los astrónomos no cabían en sí mismos.

8 Por sus siglas en inglés: CNSA (Administración Espacial Nacional China en español).

Aquello superaba ampliamente el tamaño de Plutón.

Descubrieron, a eso de las cinco de la madrugada, que tenía un diámetro aproximado de 460 millones de kilómetros cuadrados.

O sea, el tamaño aproximado de Venus; esto despejó bastantes problemas que de otro modo hubieran sido insoslayables.

Para empezar, eso de «quién había hecho el descubrimiento» pasó a un segundo plano, pues el descubrimiento en sí ya no estaba en manos de los astrónomos. Estaba en mano de tres gobiernos que, sorprendidos, iniciaron impresionados la mañana/tarde-noche de aquel nefasto día ante lo que veían.

El fenómeno tenía todo el potencial de liberar consecuencias catastróficas en la frágil psique civil.

Diferencias aparte, algún americano del gobierno y algún chino, también del gobierno, a diferentes horas de ese mismo día, reflexionaron casi lo mismo: lo sensible que era la sociedad.

Los chinos se quedaron con el mérito de ser los primeros en avistarlo, pero los americanos se marcaron el siguiente hallazgo: no era un pedazo de roca gigante irrumpiendo en la frontera del sistema solar.

Se dieron cuenta por dos razones: la primera, porque se movía en zigzag a una vertiginosa velocidad; la segunda, porque, como consecuencia de lo primero, en las siguientes cuarenta y ocho horas pudieron verlo tan cerca como para corroborar la afirmación antes mencionada. No era un cometa. No era un planeta.

Era una mancha.

Pero la comparativa fue desechada de inmediato. Aquello era como si alguien derramara una taza de café en un tarro lleno de aceite. Era un vapor espacial, algo parecido a un flujo piroclástico viajando por el cosmos. Creían que era un cometa colosal que desafiaba cualquier principio conocido de la astronomía. Una bola ardiente rodeada de humo. Pero no, porque podía cambiar de aspecto geométrico.

Los cálculos posteriores arrojaron que aquel fenómeno pasaría de largo y, por su trayectoria, se elevaría por encima de los planetas y saldría de vista en unas setenta y cuatro horas al seguir algún rumbo arbitrario.

Fuera lo que fuese, tenía la suficiente masa como para ocasionar consecuencias catastróficas allá, donde estaba. La NASA descubrió que, habiendo pasado a unos 300.000 kilómetros de Plutón, produjo que el planeta enano y sus cuatro lunas sufrieran un choque devastador. El pequeño sistema de planetoides, calcularon, se convirtió en una esfera de escombros.

Y aquello fue absolutamente aterrador.

Mientras tanto, en la Tierra, los anglosajones, asiáticos y eslavos discutían lo siguiente desde sus necios reductos de poder: ¿revelarlo como mero hallazgo científico?

La respuesta rápidamente se estaba terciando en un «no». Hacerlo no solo implicaría costos monetarios colosales en una cadena de eventos imprevisibles, sino que, además, estaba el hipotético caos que aquello ocasionaría. La estúpida cacería de brujas de proporciones bíblicas que se sucedería.

Tales escenarios ocurrieron de todos modos, pues la extraña avalancha de eventos que siguieron a continuación estuvo muy por encima de cualquier capacidad de censura y ciber-censura conocida en el planeta Tierra.

Pasa que, un día, la humanidad vino a enterarse del fenómeno gracias a que este desvió su rumbo y se acercó todavía más a nuestro hogar sideral.

Cuando llegó a la misma distancia de Júpiter fue demasiado tarde: estaba lo suficiente cerca como para poder ser avistado de manera doméstica.

2

Al principio, la gente pensó que era una farsa generalizada de Internet. *Fake news*.

Pero poco a poco fueron convenciéndose de que «la cosa» era real. Cualquier persona con un telescopio Orion XT10i de ochocientos dólares podía no solo obtener fotos, sino un video decente del fenómeno. Y para cuando comenzaron a subirlo a YouTube, la idea generalizada de que era «la farsa de moda» empezó a revertirse.

Entonces sitios como Cracked lo anunciaron como real. Y de ahí, llamó la atención de Yahoo News, Google News y Usa Today, quienes a su vez allanaron el camino para CNN, NBC, RT NEWS y el resto.

Ya era irreversible. El mundo lo sabía. Y lo que era peor, cada vez llegaban mejores videos. Y eso *no ayudaba en nada*.

Los metrajes en 1080p eran peores que cualquier abominable titular que lo describía con palabras como «*bizarre*», «*frightening*», «aterrador» y «desconocido». Porque se veía como una masa líquida palpitando en el espacio. Contrayéndose, cambiando de forma. Se le podía contemplar haciéndolo en grabaciones de solo veinte minutos. Ahí, suspendido en la nada, sin desplazarse.

El mero hecho de que alguien lo consiguiera a casi 600 millones de kilómetros de la Tierra fue increíble. Pero sucedió. Y ya poco importaba si había sido un «*leaking*» o el golpe de suerte de un aficionado. Las coordenadas del fenómeno eran públicas. Sus fotos fueron *trending topic* en todos los escaños de Twitter por una semana consecutiva en sesenta de los países más poblados de la Tierra. Y entre Facebook y YouTube se distribuían buena parte de los dos millones de videos que habían subido y/o resubido del fenómeno en un plazo menor a veinticuatro horas. Los servidores colapsaron varias veces a lo largo de dos días, echando más leña aún al miedo generalizado.

La BBC transmitía las veinticuatro horas y durante varios días no repitieron ninguna de las transmisiones. Lo que quería decir que se mantenían creando contenido fresco.

La CNN tenía las veinticuatro horas un «*live feed*» del fenómeno que ocupaba un tercio de la pantalla, incluso mientras continuaba su programación habitual que, desde luego, era un noventa por ciento sobre el fenómeno.

FOX NEWS hacía lo mismo con su propio «*live feed*». Sus opinólogos políticos, al verse superados por un tópico que les era completamente ajeno, fueron desplazados. FOX NEWS era una puerta giratoria para Neil Degrasse Tyson y Alan Guth.

MSNBC, Al Jazeera, Euronews, Al-Arabiya, Geo News y NDTV India estaban en la misma situación: no daban abasto.

El fenómeno llegó a ser descrito como «el regalo que nunca dejar de dar». Porque desde el sensacionalismo hasta para los medios más sobrios, siempre había algo que decir al respecto.

Y el mundo estaba cautivado...

Fue así como durante los siguientes dos meses la humanidad, en términos generales, comenzó a acostumbrarse.

Y por ser una humanidad del siglo XXI, frenética y consumidora obsesa de entretenimiento e información, el fenómeno estuvo a punto de pasar a segundo plano.

Había cumplido su ciclo, y veinticuatro millones de memes repartidos en diez idiomas distintos, media docena de películas de ciencia ficción en producción que prometían tenerlo como tema central, una NASA estadounidense y una JAXA[9] japonesa que prometían enviar satélites para ver de cerca el fenómeno, la Tierra estaba preparada para «superarlo».

Hubo miedo, sí. Pero ya podían pasar la página y, salvo poca gente, todos, desde sus países, desde sus culturas, desde sus lenguas, hacían aquello tan humano que hacemos todos: darlo por sentado.

Es como hacer un repaso por todas y cada una de las desgracias que transmiten en el noticiero: desde los bombardeos de Gaza hasta esas pequeñas atrocidades de siempre. «Eso no nos puede pasar a nosotros», ¿verdad?

Con el fenómeno y el miedo que produjo, sucedió lo mismo. El colectivo global se aferraba a la idea de que no iba a ir a mayores. De que no iba a cruzar el límite de la sorpresa que su descubrimiento (y su escandaloso salto de Plutón a Júpiter) produjo.

Pero entonces ocurrió algo más y, por eso, todo se hizo humo.

Porque la sensación de peligro real escaló a sentimiento catastrófico, y ello quebró un frágil cristal en el colectivo humano.

La locura estalló.

Resulta que Júpiter es llamado el hermano mayor de la Tierra porque durante tiempos inmemoriales nos ha protegido de potenciales meteoritos: su campo gravitacional es tan potente que los atrae hacia sí. Fue por eso que el temerario cometa Shoemaker-Levy del año 1993 se precipitó hacia Júpiter en lugar de seguir una trayectoria potencialmente tenebrosa.

Júpiter gira en torno a su órbita al mismo ritmo que la Tierra, por lo tanto, es normal que ambos planetas, durante gran parte del ciclo anual, estén alineados.

Pero al cabo del tercer mes del descubrimiento, más o me-

9 JAXA, Agencia Japonesa de Exploración Aeroespacial, por sus siglas en inglés.

nos por la misma fecha que la revista *TIME* pensaba nombrar, por primera vez en la historia, un fenómeno espacial como «persona del año»... Júpiter dejó de ser la tapadera de la Tierra y entonces aquello, de alguna manera, *nos vio.*

3

Y cuando nos vio, inició un nuevo trayecto, cuyo rumbo fue descubierto quince horas después.

Se estaba precipitando hacia la Tierra.

La primera reacción fue mantenerlo en secreto. Decisión desesperada en medio de un maremoto de imprevisibilidad, improbabilidades y esperanzas, porque el brazo de la CNN y de la cadena FOX era largo, y acabarían por enterarse tarde o temprano.

Pero cuando obviamente eso sucedió, no fue gracias a ellos, sino por la aparición de un punto oscuro y palpitante en el cielo...

Durante un período de tiempo insoportablemente corto y dolorosamente idílico, el colectivo humano pensó que se trataba de un nuevo fenómeno destinado a adornar el colorido lienzo de singularidades cósmicas. Pero entonces se supo la verdad, y se supo rápido: era el mismo fenómeno. Y se hacía cada vez más grande. Y si se hacía cada vez más grande era porque marchaba rumbo a la Tierra.

La reacción de la humanidad fue paralela a la de un vagón lleno de personas impresionables subiendo por los rieles de una escabrosa montaña rusa. Que llega al tope, allá, imposiblemente alto, y finalmente se precipita a toda máquina por el derrotero que continúa.

No fue agradable.

El mundo cayó rápidamente en el caos. Porque aquello a lo que se le había dedicado noticias, reportajes, crónicas, libros, canciones, memes, tópicos en Internet y una simpática y linda caracterización antropomórfica llamada «Spot-Chan», mostró su verdadera naturaleza, y esta era ajena al cariño, la empatía y las estupideces de la humanidad.

No era un actor destinado a darle colorido al siglo XXI. Era algo ignominioso, desconocido y con potencial extintivo.

Y en ese momento oscuro y hórrido, en esos días de caos, miseria, infelicidad y horror, era bastante decir que «aquello» hubiera sido infinitamente más horrendo de lo que la gente jamás hubiera podido imaginar.

Visto de cerca era mucho peor. Entre otras cosas porque cuando se asomó por el hemisferio del planeta, pudimos finalmente darnos cuenta de algo que ni siquiera los potentes lentes del telescopio orbital James E. Webb pudo mostrar…

Era como levantar la cabeza y contemplar al cielo partiéndose en dos. Como Moisés dividiendo el océano hasta donde la vista alcanza. Era surrealista. Y se veía tan colosal, tan vasto e inmenso, que el horroroso paisaje era de a ratos incomprensible. De adentro emergía una nébula espacial sucia que, en realidad, se trataba de vapor, de aliento. Eso tan colosal era una boca que se abría como para musitar algo. Torciéndose, arrugándose en una expresión incomprendida y extraterrestre.

Y entonces, poco a poco y a lo largo de las horas, levantó una extremidad que cubrió por completo la bóveda celeste. Era un manto lleno de hendiduras extrañas e inconstantes, en cuyo interior se movían, zigzagueantes y curiosas, formas pálidas que enfocaban a la Tierra y sus continentes y, al término de un día, mucho más cerca aún, a sus gentes, ahogadas en el paroxismo del terror absoluto.

Nosotros, a nuestra vez, pudimos contemplarlas mirando arriba, como la furia de un Dios absolutamente real, cósmico y más allá de la imaginación: eran ojos. Millones. Algunos del tamaño de una persona, otros, tan grandes como ciudades. De aspecto ajeno y raro. Con formas geométricas incomprensibles.

Infinitos iris brillantes y pulsantes devolviéndonos la mirada con pupilas que asemejaban telarañas de carne. Observándonos de una manera imposible de describir. Imposible de comparar con bestia alguna. Carente de sentimiento y llena, por otro lado, de límbica, hambrienta curiosidad.

«Aquello» estaba vivo.

Era un ser viviente. Pulsante. Y lo que hubiera sido un hallazgo devenido en letanías de estudios, en este escenario se había transformado en caos. Puro y sin compromisos.

La humanidad rompió un triste récord precedido por sus más grandes celebraciones, por sus fiestas, por sus mundiales y sus olimpíadas: nunca antes los gritos de tantas personas juntas se habían escuchado desde tan lejos, ni desde tan alto.

La horrorosa sinfonía del hombre era desde las nubes un fantasmal, palpitante aullido de horror e histeria. Las aves cambiaron su rumbo natural y los animales marinos se alejaron de las costas.

Para el momento que la luna desapareció detrás de una vorágine entrañada de extremidades incomprensibles, el destino de toda criatura estaba sellado. La raza humana iba a morir. Y esta lo sabía.

Pero la certeza no fue recaudo de alivio. El principio del final fue un cataclismo pesadillesco: las mareas enloquecieron, la gravedad del planeta se vio alterada y los cielos fueron cubiertos por un manto casi negro, el sol desapareció, las estrellas también, la oscuridad se hizo casi completa, el sistema eléctrico de cada ciudad de cada nación no tardó en fallar, las redes Wifi cayeron y no hubo continente sin terremotos. La mayoría murió durante esta etapa.

Y aunque murieron retorcidos entre chillidos, confusión y llanto, fueron afortunados.

Porque entonces, de los cielos, descendieron lentamente lenguas de proporciones inenarrables y peso infinito, que vistas de lejos eran tan grandes y anchas que dominaban por completo el campo de visión de Oriente a Occidente. Comenzaron a abusar de la Tierra con largas y lentas lamidas que se llevaron ciudades, montañas y lagos.

«Aquello» abrazó a la Tierra. Rodeó el irregular globo terráqueo con una masa de carne descomunal que creó una nube de escombros y agua que no tardó en cubrir al planeta moribundo en un halo espectral, una metafórica sábana delicada que sirvió para ocultar una danza obscena y repulsiva.

Una colosal extremidad empezó a desenredarse desde sus entrañas, algo que desde un planeta lo suficientemente cercano podría haberse visto como un descomunal cordón parasitario saliendo de un huevo.

Demoró días, pero la extremidad hizo un arco enorme y se giró, cayendo sobre la Tierra. El abrazo del fenómeno sobre la carcasa terrestre se hacía más brusco y ansioso, resquebrajando los continentes, que en este punto habían cambiado de forma y caían en cascadas de magma fuera de la atmósfera.

La extremidad penetró la Tierra hasta el núcleo. En longitud era más largo que el planeta, por lo que el resto reposaba, semienrollado, en el espacio. La otra mitad anidó como un parásito dentro del globo y, adentro, ya a gusto, cebada por el calor, empezó a pulsar.

La raza humana estaba extinta. Los pedazos de carne de billones de seres vivos flotaban en una catarata de rocas y magma sobre el que la Tierra, como un niño con la cara desfigurada hasta el horror, regurgitaba.

La extremidad entonces empezó a vibrar. Un tormentoso y repulsivo gemido cósmico pulverizó el manto terrestre, así como el núcleo exterior. El sonido se expandió e hizo polvo los huesos de humanos y animales en una onda con forma de anillo que pudo verse reflejada desde el espacio exterior.

Lo que prosiguió, inenarrable, hizo de la extinción humana un acto piadoso… para que no estuviéramos ahí para comprenderlo.

Un flujo pastoso rebasó el agujero monumental que el miembro de la bestia abrió. La eyaculación cubrió al planeta completo y lo fecundó en lo que, a lo largo de los años, armonizaría en una canica blanca y gomosa flotando en el vacío. Aquello era producto de un coito, pero parecía más bien vómito… vómito cósmico.

A lo largo de cien años, se solidificaría, se convertiría en cáscara y se produciría el nacimiento de una larva, del tamaño de lo que alguna vez había sido África, que desenrollándose tímidamente se convertiría, en unos milenios, en otra criatura cósmica.

Mientras tanto, todo lo que el mundo fue: sus hombres, sus mujeres, sus hijos e hijas, sus animales, sus criaturas, sus continentes y océanos, sus lenguas, sus naciones, sus imperios, todos los cuandos y los dondes. Todo lo que fue escrito y omitido en los libros de historia. Nuestro arte, nuestros libros, nuestras canciones y nuestras culturas, nuestros milenios y leyendas, nuestros héroes, ídolos, deidades y villanos, reyes, emperadores, presidentes y ministros, nuestros sistemas económicos y políticos, ideas e ideologías, religiones, cultos y filosofías… todo dejó de existir.

Y nada ni nadie en las estrellas supieron nada. Y quien lo supo lo olvidó tan pronto como cumplió su misión. Esto no les interesó en lo más mínimo, ni tampoco le importamos a nadie en las estrellas.

Todo lo que quedó fueron restos de una carcasa vacía flotando en el universo, con un gusano cósmico alejándose lentamente, con rumbo al infinito.

AGRADECIMIENTOS

Quiero agradecer a las siguientes personas que colaboraron en *El evento*.

Ney Ludeña, Amy Naimid Albarn, Thelma Pereyra, Julians Castillo y Josué Belmont. Ellos fueron quienes me dieron los muy originales nombres (Phegoriat, Nemrot, AltaYzar, Sangrallanthu, Oshrregagorn y Anaroshrath) que finalmente acabó llevando «la bestia» de este cuento. ¡Muchísimas gracias!

Índice